EIN MD-TASCHENBUCH

C.H. GUENTER

Das Barbarossa-Rätsel

VERLAGSUNION ERICH PABEL-ARTHUR MOEWIG KG,
7550 RASTATT

MD-Originalromane erscheinen monatlich
in der Verlagsunion Erich Pabel-Arthur Moewig KG , 7550 Rastatt

Titelillustration: Firuz Askin

Druck und Bindung: Brodard & Taupin, La Flèche, Frankreich
Alleinvertrieb und Auslieferung in Österreich:
Pressegroßvertrieb Salzburg Gesellschaft m.b.H.,
Niederalm 300, A-5081 Anif
Abonnement-Bestellungen sind zu richten an:
Verlagsunion Erich Pabel-Arthur Moewig KG
Postfach 2362, 7550 Rastatt
Lieferung erfolgt zum Verkaufspreis plus ortsüblicher Zustellgebühr
Printed in France 1991
ISBN 3-488-20282-8

1.

Unter den Bettlern in der New Yorker Bowery war er der jüngste. Überall, wo er Haare hatte, da ließ er sie wachsen. Nur die Zähne wuchsen nicht nach. Deshalb besaß er nur noch wenige, und die waren sehr schlecht.

„Alle beim Trampen verloren“, pflegte er zu erzählen. Aber seine Kumpels glaubten es nicht. Ebensowenig wie sie glaubten, daß er früher Ingenieur gewesen war.

Die Bettler besaßen keine Papiere. Sie wurden von der Polizei aufgegriffen, festgesetzt und wieder freigelassen. Mal wurden sie von den Abluftgittern der U-Bahnschächte, wo sie sich in den kalten Nächten wärmten, verjagt, dann wieder geduldet. Wie es den Cops paßte. Sie bettelten, klauten und soffen in den Tag hinein. – Das Leben war ein Zirkus, und sie wollten es auch nicht anders.

Eines Tages sagte Pepe, der Mexikaner, zu dem Ingenieur:

„Du bist doch Tom Shniders.“

„Ich hieß mal Thomas Schneider.“

„Ja, bevor du dich im schönen Amerika häuslich niedergelassen hast.“

„Was geht's dich an, Chico? Bist du etwa hier geboren?“

„Nein danke, dann wäre ich auch so ein Scheißamerikaner“, sagte Pepe. „Entschuldige, daß ich dich anmache, aber jemand hat nach dir gefragt.“

„Unmöglich“, bemerkte Tom, der Bärtige.

„Man fragte überall nach dir.“

Tom schnitt eine verfaulte Melone aus und stippte die Stücke in billigen Rotwein, ehe er sie auslutschte.

„Wer hat gefragt?“

„Eine Frau.“

„Kenne keine Frau.“

„Jung, elegant, blond. Eine echte Mylady.“

„Du spinnst, Mexikaner“, sagte der Bärtige. „Wenn du sie noch mal siehst, sag ihr, sie und der Rest der Welt können mich mal, du weißt schon was.“

Tage später trafen sie sich wieder und der Mexikaner fing erneut an.

„Sie sucht dich, und es soll ’ne Masse Geld für dich drin sein, Shniders.“

„Kein Bedarf.“

„Vielleicht ein Tausender.“

„Wofür?“ fragte der Bärtige.

Er bekam eine Telefonnummer. Pepe gestand, daß er einen Hunderter dafür bekommen hatte, daß er Tom Shniders dazu brachte, anzurufen.

Tom Shniders war kein Spielverderber. Er rief an und traf eine Verabredung.

Am Abend fuhr ein schwarzer Lincoln Continental durch die Bowery. Shniders wartete an der Ecke. Die Tür hinten ging auf. Er stieg ein – und verschwand für immer.

*

Ein Geländewagen staubte über die schlechteste aller schlechten Straßen Nordindiens. Von der Gilgit-Provinz aus fuhr er an einem Nebenfluß des Indus hinauf zu den Karakorumbergen. Lange bevor sie auf ihre vergletscherten Höhen von 8000 Meter anstiegen, bog der Geländewagen in ein

Hochtal ab und nahm die Serpentinen zum Kloster der Takla-Mönche.

Der Fahrer des Landrover trug Khaki. Bei genauerem Hinsehen erst erkannte man, daß es eine Frau war. Wohl deshalb mußte sie stundenlang warten, bis man sie ins Kloster einließ und dann noch einen ganzen Tag, ehe der Oberste der Mönche sie empfing.

Als Geschenk brachte sie ihm einen Goldbarren. Dann zeigte sie ihm ein Foto.

Der alte Buddhapriester sah schlecht. Er nahm eine Art Brennglas zu Hilfe. Dann nickte er bedächtig.

„Ja, das ist der Mann. Was willst du von ihm, meine Tochter?“

„Er ist aus Europa verschwunden.“

„Er kam zu uns, um mit uns zu meditieren. Nun ist er krank, und wir können ihm nicht helfen.“

„Ich kenne Ärzte, die es können.“

„Es ist eine Erkrankung seiner Nerven. Er ging beruflich mit giftigen Stoffen um.“

„Wir werden ihn heilen“, versicherte die Besucherin.

„Sprich mit ihm“, schlug der Priester vor. „Es ist seine Entscheidung, ob er mit dir geht oder bei uns sterben wird.“

Die Besucherin redete mit dem Todkranken. Dann fuhr sie ab. Drei Tage später kam ein Hubschrauber und holte den Kranken aus dem Kloster. – Er wurde niemals wieder gesehen.

*

In Nizza ging es mit René Armand, wie er sich in Frankreich nannte, endgültig bergab.

Er war an die Riviera geflohen, weil die Polizei zu Hause wegen Betrügereien hinter ihm her war.

Er hatte Wohnungen verkauft, die ihm nicht gehörten, dann Autos, die ihm nicht gehörten, und dann Banknoten, die nicht aus der staatlichen Druckerei stammten, sondern aus einer Bologneser Fälscherwerkstatt. Bald war sein Bares zu Ende gegangen.

Nun hatte er sich auf Diebstahl in Luxushotels verlegt. Aber so was mußte man von Grund auf gelernt haben. Und Armand hatte eigentlich gar nichts gelernt. Er konnte nur Gitarre spielen und alle möglichen Kartentricks vorführen, konnte Geschichten erzählen und Frauen betören. Er war ein Allroundtalent, aber nur bei Dingen, auf die es nicht ankam.

So erwischte die Kripo ihn mit den Fingern in der Schmuckkassette einer Engländerin.

„Alles Imitationen“, sagte der Commissaire. „Es hätte sich nicht einmal gelohnt, du Trottel.“

Armand kam in Haft. Der Richter forderte eine Kaution von fünfzigtausend Francs, die er nicht stellen konnte. So blieb er zwei Wochen unter Gangstern und Ganoven. Er war gerade dabei, Wichtiges hinzuzulernen, als er plötzlich auf freien Fuß gesetzt wurde.

Eine Madame De Savigny habe die Kaution gestellt, hieß es.

Bei Armand läuteten alle Glocken. Eine reiche Frau, vielleicht schön, das war nach seinem Geschmack.

Als er sie traf, stimmte alles und nichts. Sie war reich und schön, aber auch knallhart.

„Du hast die Wahl“, sagte sie, „wieder ins Kittchen, bis du verfaulst, oder eine halbe Million.“

„Was?“

„Keine Francs, sondern Dollar.“

„Was verlangen Sie?“

„Dich“, erklärte die schöne Blondine, „mit Fleisch und Knochen. Aber nicht fürs Bett.“

„Und nicht meinen Tod“, schränkte er ein.

„Nicht deinen Tod“, bestätigte sie.

Sie machten einen Kontrakt. – Danach verschwand auch René Armand von der Bildfläche. Zumindest wurde er in der Szene der Diebe, Zuhälter und Dealer nie mehr gesehen.

*

Bei den Clochards unter den Seinebrücken galt er als der ärmste. Dies, weil er einst bessere Zeiten gesehen hatte und nicht die Frechheit aufbrachte, mal eine Brieftasche zu stehlen oder zu betteln.

Sie fütterten ihn durch, so gut es ging. Doch irgendwann aß er nicht mehr. Er beschränkte sein Dasein auf Atmen, Trinken, Rauchen und Schlafen.

Manchmal, nachts, wenn sie um das Feuer saßen, tischte er ihnen zum Dank seine alten Geschichten auf.

Er war Rennmechaniker für einen berühmten Ralleyprofi gewesen. Einmal hatte er vergessen, die Radmuttern nachzuziehen. Sein Freund, der Rennfahrer, hatte die Kurve mit zweihundertdreißig genommen. Powerslide, Bremsen, Gas, Rad ab, aus der Kurve den Abhang runter in die Schlucht, aus! Er allein war schuld. Er hatte es zugegeben und wollte sich das Leben nehmen. Sie hatten ihn praktisch vom Strick abgeschnitten. Dann war er ausgestiegen.

„Mann“, sagten die anderen Clochards. „Eine Kapazidings wie du findet überall 'n Tschob.“

„Laßt ihn“, meinte ein Alter. „Er hat das Auto erfunden. Nun gibt's nichts mehr zu erfinden, und er hat den Schraubenschlüssel für immer weggelegt."

Eines Tages hatte es den Anschein, als würde er gesucht. Eine Frau fragte nach ihm.

Als sie ihn fand, war er stockbetrunken. Sie besorgte starken Kaffee, eine ganze Thermoskanne, und schüttete ihn damit voll. Dann wartete sie, bis er nüchtern war, und redete lange auf ihn ein. Offenbar war es verheißungsvoll, was sie versprach. Neue Papiere, neues Leben, genug Kohle für ein eigenes Autogeschäft.

Er konnte sich nicht entscheiden. Sie ließ ihm Bedenkzeit. Zwei Tage.

Die achtundvierzig Stunden waren noch nicht um, da verschenkte er alles, was er besaß. Die Uhr, das Feuerzeug, einen silbernen Kugelschreiber von Porsche und seine Turnschuhe.

Barfuß, nur in Jeans und T-Shirt ging er unter der Pont Neuf hindurch und weg. – Für immer.

*

Bis zu den ersten Frostnächten im November schlief er auf einer Parkbank im Englischen Garten in München, zugedeckt mit der großformatigen Süddeutschen Zeitung. Als es wirklich kalt wurde, stopfte er sich mit Zeitungspapier aus, wie ein Tierpräparator einen Hundebalg.

„Gibt nichts, was besser wärmt als Zeitungspapier", pflegte er zu sagen. „Wenn man viele Schichten aufeinanderklebt, kann man Häuser damit bauen. Wenn man die Bogen faltet, sie senkrecht hinstellt und oben am Rand anzündet, dauert es lange, bis sie runterbrennen. Ist 'ne prima Heizung."

„Was er alles weiß", tuschelten die anderen über ihn.

Immerhin wußte er für alles einen Rat, eine Erklärung, einen Tip, wie man Unannehmlichkeiten überwand.

„Einer wie du“, sagten sie, „muß ’nen Hammer erwischt haben, wenn er so’n Leben führt.“

Er sprach nicht gerne darüber. Sie wußten nur soviel, daß er zur See gefahren war, vielleicht sogar als Kapitän, daß seine Frau ihn erst betrogen und dann verlassen hatte. Sein Sohn war auf der Straße umgekommen, weil die Mutter sich nicht um ihn gekümmert hatte. Das alles hatte ihn wohl fertiggemacht. Er hatte einen Frachter auf Grund gesetzt, war gefeuert worden und hatte sein Patent verloren. Er habe kein Glück mehr, sagte er, für ihn sei alles gelaufen. Schluß, aus und vorbei.

Doch von einem Tag zum anderen war er nicht mehr da.

Die Gammler nahmen an, daß er sich umgebracht hatte. Einer behauptete, eine Frau habe nach ihm gefragt. Aber was ging sie das an. Sie lebten ihr Leben weiter.

*

Sie nannten ihn nur *Schwachstrom*. Dabei war er im Umgang mit allem, was elektrisch betrieben wurde, ein As. Er hatte ein großes Radiogeschäft in Wien, im ersten Bezirk, geführt. Dann hatte sein Buchhalter ihn betrogen, und sein Partner war mit dem Rest in der Kasse durchgegangen.

Schwachstrom hatte Konkurs angemeldet. Der Staatsanwalt behauptete, es wäre betrügerischer Konkurs und sperrte ihn ein. Dazu kamen die Steuerschulden. Das machte ihn völlig fertig. Nach seiner Haftentlassung arbeitete er beim Zirkus und bei den Fahrgeschäften. Alles, was bei Karussellen, Achterbahnen und Autoskootern elektrisch war, vom Motor bis zu den Lautsprechern und Musikmaschinen, war sein Gebiet. Wenn nichts mehr ging, riefen sie nach Schwachstrom.

So kam er in ganz Europa herum, blieb aber am liebsten auf dem Prater, dem großen Wiener Rummelplatz.

Als er zum letzten Mal gesehen wurde, hatte er sich rasiert, in Schale geworfen und war in einen Mercedes eingestiegen. – Das mußte in jener Woche gewesen sein, als Josef Müller, genannt Jo, sich von der Berliner U-Bahn verabschiedete.

Josef, genannt Jo, hatte ein verdammt böses Schicksal hinter sich. Es gab sogar ein Lied über ihn: *Miller der Killer.* – Dabei hatte er nie einer Fliege etwas zuleide getan. Nur einmal war ihm die Faust ausgerutscht, als so ein Prolotyp in einer Kneipe über die toten Landser in Rußland herzog.

„Waren alles Idioten“, sagte der, dem Jo daraufhin die Schnauze poliert hatte.

„Und du bist ein Arsch“, hatte Jo ganz ruhig erwidert und ihm die Rechte zu schlucken gegeben.

Dummerweise hatte sich darin noch die Bierflasche befunden.

Plötzlich wirkte der andere ein wenig unsicher auf den Beinen und blutete auch, aber wirklich nur ein wenig.

Doch dann fing er plötzlich an zu taumeln, fiel nach hinten und knallte mit dem Keks gegen die Kante einer Eisensäule. Er starb im Notarztwagen. Und Müller sagte:

„Die Köpfe von diesen Idioten sind auch nicht mehr wie dunnemals.“

Sie buchteten ihn ein. Es kam zur Gerichtsverhandlung. Die Anklage lautete: Körperverletzung mit Todesfolge. Päng! Zwei Jahre Knast. – Aus mit dem Beruf als Flugzeugmechaniker.

Nach der Entlassung war er schnell abgerutscht.

Alkohol. Kein Job. Keine Behausung. Die Krätze, Tripper, Läuse. Und die Ruhr.

Doch dann war ihm ein Engel erschienen. So, als hätte er unter hundert Asozialen ihn allein ausgesucht.

Er war mit dem Engel mitgegangen. Zu schön hatten seine Harfentöne geklungen.

*

Das Wirken des blonden Engels der Verlorenen wurde kaum auffällig. An unterschiedlichen Orten dieser Welt hatte er etwa ein Dutzend Menschen mit seinen Gaben beglückt.

Da es allein in Mitteleuropa etwa zehntausend Gammler, Penner, Clochards, Aussteiger, Wermutbrüder, Obdachlose und Bettler gab, zwischen denen kaum Telefon- oder Fernschreiberverbindung bestanden, wurde das Abtauchen von zwölf Figuren nicht registriert. Zwölf von zehntausend, das war etwa ein Promille. Ein tausendstel Prozent, für die Statistik völlig unerheblich. Außerdem wurde über diesen Teil der Menschheit, im Vergleich zu dem mit gewissen Geschlechtskrankheiten, keinerlei Statistik geführt.

Erst ein Jahr später kam es zu einer Reihe von rätselhaften Ereignissen.

2.

Über dem NATO-Flughafen Merville, nahe der belgischen Küste, sank rot die Sonne. Diese hennafarbenen Untergänge zwischen grauen Wolkenbänken hatten es in sich. Dann wurde meist das Wetter schlecht, und es regnete tagelang.

In Richtung West – der Mann im Tower peilte es

in 257 Grad – sprangen plötzlich drei Sterne aus den Wolken hoch. Ein grüner, ein weißer und ein roter. Die Sterne hatten eine enorme Strahlkraft. Sie gewannen rasch an Höhe, beschrieben einen Bogen und sanken zur Erde zurück. Dabei verglühten sie allmählich.

Der Sergeant im Tower wandte sich an seinen Vorgesetzten:

„Sind noch Jets draußen, Sir?"

„Nein. Alles da. Schluß für heute. Licht aus, Ruhe im Puff!"

„Und wer schießt dann Erkennungssignale, Sir?"

„Ich sehe nichts."

Der Captain war an die schräge Verglasung des Towers getreten und warf, wie er es als verantwortlicher Flugleiter immer tat, einen Blick über das meilenlange Rollfeld, über die abgestellten F-16 und Phantoms und die zwei Transport-Hercules.

„Auch die Kuriermaschine vom Colonel kann es nicht gewesen sein. Ich sehe nichts."

Dafür war es bald zu hören.

Die beiden Amerikaner, Soldaten der US-Airforce, der Captain und der Sergeant, blickten sich an.

„Motoren."

„Kolbenmaschinen, Sir."

„Ja, Propeller."

Der Sergeant suchte mit dem Glas den Westhorizont ab, dort wo die Sterne aufgesprungen waren, und entdeckte den dunklen Strich.

„Dort, Sir, auf Richtung neun Uhr."

Der Captain richtete das schwere Stativfernglas ein. Dann fluchte er.

„Ich glaube, ich träume. Das gibt's nicht."

„Propellerflugzeug, zweimotorig", sprach der Sergeant es aus. „Verglaste Bugkanzel. Spannweite etwa zwanzig bis fünfundzwanzig Meter. Jetzt fährt er das Fahrwerk aus. Er holt es von hinten nach vorn aus den Motorgondeln, Sir."

Der Captain griff nach dem Sprechfunkmikrofon, um die Besatzung dieses Flugzeuges zu fragen, ob sie vielleicht verrückt geworden seien, ohne Genehmigung auf einem NATO-Einsatzflugplatz zu landen.

Er versuchte es immer wieder auf den dafür vorgesehenen Frequenzen.

„Der muß Funkausfall haben, Sir", meinte der Sergeant.

„Dann waren die Sterne ein Notsignal. Was gilt heute?"

„Nicht Rot, Weiß, Grün, Sir. Heute gilt dreimal Weiß."

„Verdammt! Wer kommt hier runter?"

„Sein Bugfahrgestell klemmt."

Der Captain, der alles besser sah, auch gegen die blendende Abendsonne, winkte ab.

„Er hat gar keins."

„Kein Bugfahrgestell? Auf dem Sporn landet nur noch die uralte DC-drei. Und so eine Mühle habe ich seit Jahren nicht mehr gesehen. Die sind am Aussterben."

Das fremde Flugzeug hing ziemlich schräg in der Luft, als laufe einer der beiden Motoren nur noch kraftlos mit. Der Pilot änderte den Anflugwinkel, um besser hereinzukommen. Dabei zeigte er seine Maschine schräg von der Seite.

Nun waren die Männer im Tower von Merville völlig verblüfft. Der Sergeant rief:

„Captain, der trägt noch das Balkenkreuz!"

„Doch nicht das Hoheitszeichen der deutschen Flugzeuge im zweiten Weltkrieg?"

„Ich bin total von den Socken, Sir", gestand der Sergeant. „Das muß eine Ju-achtundachtzig sein."

Der Captain hatte sich in seiner frühesten Jugend mit den Feindflugzeugen des letzten Krieges befaßt.

„Die Junkers sah vorn dicker aus, mehr wie ein Streichholz. Nein, diese elegante Linie, ähnlich der einer Forelle, hatte nur die Heinkel, die Hehundertelf."

Der Sergeant hatte jetzt alle Hände voll zu tun. Erst schoß er rot, dann versuchte er mit dem Scheinwerfer das Flugzeug anzublinken. – Aber es bewirkte wenig.

Der uralte Bomber, oben tarnfarbig, unten hellblau gespritzt, mit dem Zeichen 5 j + il, hungerte sich näher und slippte herein.

Es wurde eine miserable Landung. Erst kam er links auf, dann rechts, dann hob er noch einmal ab, als sei der Pilot ebenso fluguntüchtig wie seine Mühle.

Endlich hatte er die Erde erreicht und rollte aus.

Der Captain war ratlos.

Wenn er den Vorfall ernst nahm, dann konnte es der Anschlag von irgendwelchen Terroristen sein. – Vielleicht aber drehte Century Fox auch einen Fliegerfilm, und die Heinkel hatte sich bei der Landung verflogen.

Der Captain wandte sich an den Sergeant.

„Sagen Sie mir, ob ich spinne."

„Das würde mich doch sehr wundern, Sir."

„Ja, dann müssen wir Alarm geben."

Der Sergeant betätigte den roten Kippschalter. Die Sirenen heulten über den Flugplatz.

*

Das ungewöhnliche Ding aus einer vergangenen Zeit stand auf dem letzten Drittel des Rollfeldes und blockierte es. Aus einem Motor tropfte Öl und eine andere Flüssigkeit, vermutlich Kühlmittel. Außerdem qualmte er schwarz.

Mit einemmal krächzte es im Towersprechfunk. Zwar hörten sie die Worte, verstanden sie aber nicht.

„Was ist das für eine Sprache?“ fragte der Sergeant.

„Klingt wie Deutsch. – Wer von uns spricht Deutsch?“ rief der Captain.

„Corporal Eagler.“

„Soll sofort raufkommen!“

Sie telefonierten in die Unterkunft. Minuten später war Eagler, der eine deutsche Mutter hatte, oben und übernahm den Kontakt.

„Hier Tower! Was gibt's?“

„Hier Major Klemm. Teufel, wollt ihr uns hier stehenlassen? Sollen wir da verrecken oder was? Wo sind wir überhaupt?“

„Merville Basis.“

„Fliegerhorst Merville, meinen Sie. Verdammt, hat sich das aber verändert.“

„Wann waren Sie zum letzten Mal hier, Major?“

„Als es in der Normandie losging, so um den zehnten Juni herum. Ich habe Merville auf meiner Karte als Nothafen verzeichnet.“

Der junge amerikanische Corporal hatte Mühe, alles zu kapieren. Er übersetzte für den Captain und den Colonel, der inzwischen aufgetaucht war. Es ging hin und her.

„Sind Sie ein Notfall?“ fragte Eagler.

„Wir hatten Spitfire-Beschuß über dem Ziel, schafften es im Tiefflug noch übern Ärmelkanal und mußten mit einem Bombenklemmer im Schacht landen.“

„Was für eine Bombe?“ fragte der Dolmetscher auf ein Zeichen des Colonels hin.

Die Antwort lautete:

„Luftmine LMB-hundertelf, Typ B, tausend kg. Die SC-Satan hatten wir zum Glück raus."

„Verstehe wirklich nur Bahnhof", äußerte der Flugplatzkommandeur kopfschüttelnd.

Dann wieder die Stimme des Deutschen, jetzt drängender.

„Wir haben einen Verwundeten. Halsschuß. Vielleicht bewegt sich euer Sanka mal zu uns rüber."

Inzwischen rasten die Jeeps der Militärpolizei auf die Heinkel zu und bildeten einen Kreis. Einer der Jeeps hatte ein Maschinengewehr montiert. Das wurde durchgeladen und auf den Bomber gerichtet.

„He, seid ihr wahnsinnig?" fragte der Deutsche. „Hier spricht Major Klemm. Es handelt sich um eine Notlandung nach durchgeführtem Geheimauftrag. – Oder ist dieser verdammte Flugplatz schon in Feindeshand? – Ihr seht aus wie Amerikaner."

Der Colonel beugte sich zu Eagler.

„Der Krankenwagen ist unterwegs", übermittelte der Corporal daraufhin.

Der verletzte Navigator, ein Oberleutnant Seiler, der mehr einen Schulter- als Halsschuß hatte, wurde durch die Bodenwanne herausgeholt und sofort ärztlich versorgt. Dann verließen die übrigen Besatzungsmitglieder, ein Obergefreiter, ein Unteroffizier, ein Feldwebel, zum Schluß der Kommandant im Majorsrang, das Flugzeug. Der Major trug das Ritterkreuz.

Die vier mußten sich mit erhobenen Armen hinstellen und wurden entwaffnet. Alles andere ließ man ihnen zunächst noch. Nur die Kladde mit dem Einsatzbefehl nahm die Militärpolizei an sich.

Auf einem 3/4-Tonner ging es sofort in das Kommandeurs-Office. Dort schauten sich die vier verwundert um, musterten die fremden Uniformen, die Fahne, blau-weiß-rot, mit Sternen und Streifen, das Foto des amerikanischen Präsidenten.

„Ist Roosevelt nicht mehr am Ruder?“ fragte der englischsprechende Major.

„Eins nach dem anderen, Gentleman“, erwiderte der Colonel ziemlich ratlos. „Also, wann sind Sie wo gestartet? Was war Ihr Auftrag?“

Der deutsche Heinkelbomber, so erfuhren die Amerikaner, sei gegen Mittag bei nahezu aufliegender Wolkendecke über den Ärmelkanal geflogen, um in Newark on Brent ein Kugellagerwerk zu bombardieren.

„Wir belegten die Fabrik mit einer achtzehnhundert-Kilo-Satan“, sagte der Major. „Das wird die Engländer beim Bau ihrer Turbomotoren ein schönes Stück zurückwerfen. Da erwischte uns eine Spitfire. Der linke Motor fiel aus. Mit dem anderen auf Notleistung, verloren wir an Höhe. Etwa zwei Meter in der Sekunde. Wir warfen alles über Bord, was ging. Die Sitzpanzerung, Munition, die MGs. So hungerten wir uns nach Hause bis hierher. Aber wer hätte denn gedacht, daß die Amis schon in Merville sind. Gestern war die Front noch vierhundert Kilometer entfernt. Wie habt ihr das geschafft, Jungs?«

„Wann“, fragte der Colonel, „war Ihrer Meinung nach gestern, Major?“

Der Major, offenbar unsicher geworden, suchte Hilfe bei seinem Bordfunker.

„Gestern war der siebenundzwanzigste Juni“, sagte der Feldwebel.

„Na schön, dann ist heute der achtundzwanzigste. Und welches Jahr bitte?“

Die gefangene Bomberbesatzung blickte sich verblüfft an. Ihr jüngster, ein milchgesichtiger blonder Hänfling von Bordmechaniker, sagte:

„Vierundvierzig, schätze ich. Das Jahr des Herrn neunzehnhundertvierundvierzig."

Der Colonel gab seinem Adjutanten einen Wink. Der Adjutant brachte einen riesigen Kalender und eine amerikanische Zeitung, die sich *Stars and Stripes* nannte, angeschleppt. Der Adjutant deutete auf das Titelblatt, dann auf den Kalender.

„Achtundzwanzigster Juni neunzehnhundertneunzig, Gentlemen."

„He, macht ihr hier Witze mit uns?" fragte der Ritterkreuzmajor. „Das finde ich aber nicht zum Lachen. Karneval ist im Februar, und der erste April ist Ende März."

Der Colonel blieb bitterernst und stellte eine neue Frage.

„Gentleman, wo sind Sie die sechsundvierzig Jahre, die seitdem vergangen sind, gewesen?"

„Der Mann spinnt", murmelte der Feldwebel.

„Wo", wiederholte der amerikanische Colonel, „sind Sie das nahezu halbe Jahrhundert verblieben, Gentlemen? – Von jetzt ab wird jedes Wort mitgeschrieben und auf Tonband aufgezeichnet."

„Was, bitte", wunderte der Major sich, „ist ein Tonband?"

*

Während die Verhöre liefen, wurde der alte Heinkel-Bomber in einen sofort freigemachten Hangar geschleppt und so bewacht wie das Weiße Haus bei Anwesenheit des Präsidenten.

Von der Funkzentrale der NATO-Luftbasis Merville aus verständigte der Colonel seinen Vorgesetzten. Dabei hatte er Mühe, sich glaubhaft auszudrücken. Als der General endlich kapiert und sowohl mit dem NATO-Hauptquartier in Brüssel als auch mit dem Pentagon in Washington Rücksprache genommen hatte, erfolgte ein kurzer Befehl und eine noch kürzere Erklärung.

Das Flugzeug und die Besatzung, die scheinbar ein halbes Jahrhundert lang in einer Wolke auf Eis gelegen hatten, seien so zu behandeln wie Besucher aus einer anderen Welt.

„Wie ein Ufo“, verstand der Colonel richtig, „mit fünf grünen Männchen vom Mars.“

„Denn ich schätze“, äußerte der General der Luftflotte Nord, „das wird die Sensation dieses Sommers.“

3.

Die Tagung der NATO-Geheimdienste in London nahm insofern einen unguten Verlauf, als sich nahezu jeder der anwesenden Topagenten krank fühlte.

Der Brite faßte es abends an der Bar dem BND-Delegierten Urban gegenüber in Worte.

„Weiß nicht, alter Junge“, sagte er. „Es liegt was in der Luft.“

„Ja, der Duft, der einen alten Hund begleitet.“

„Nein, irgendwas mit Veränderung. Als kämen Dinge auf uns zu, die uns anders hinterlassen, als wir in sie hineingegangen sind.“

„Als hättest du Sahne auf dem Würstchen und Senf auf der Torte. Meinst du das?“ fragte der skilehrerbraune, dunkelmähnige und feudalschädelige Urban. Wie stets trat er in Standard-Uniform auf: in blauer Hose, Glenchecksakko, zartgetöntem Hemd und unifarbenem Strickbinder. Auf seinen Gucci-Slippern spiegelte sich das Licht der Bar. Nur die softe Diskomusik paßte nicht recht.

„Meine Stimmung ist heute mehr in Richtung ... wie heißt doch diese Wagneroper?“ fragte Sinclair.

„Kiss me, Kate“, spottete Urban.

„Okay, kiss me, Götterdämmerung.“

„Noch einen Dreifachen“, bat Urban den Barmixer, denn was seinen alten Freund von MI-6 beunruhigte, das verfolgte auch ihn schon in schlaflosen Nächten. Es war die ganze Entwicklung im Osten. Der Abfall Polens, der Hausputz in Ungarn, der Umsturz in Rumänien, die Wende in der DDR.

„Wann“, fragte der schon angetrunkene Engländer, „bricht die Sowjetunion zusammen?“

Urban schaute demonstrativ auf die Stahlrolex und antwortete wie Schwejk, der Prager Hundefänger:

„Nicht vor halber siebene.“

In diesem Moment wurde die Musik in den Barlautsprechern heruntergedreht. Von der Hotelrezeption kam eine Durchsage.

„Mister Bob Urban, telefone please!“

Urban konnte es nur so deuten, daß sein Körper in irgendeiner gläsernen Zelle gewünscht wurde. Weil nur das Hauptquartier in München-Pullach wußte, wo er war, es sich folglich um etwas Unangenehmes handeln mußte, nahm er den doppelten Dreifachen mit. Vorher fischte er mit den Fingern die Eiswürfel heraus. – Wozu Verdünnung, wozu ein Alibi, wenn man vorhatte, sich zu besaufen.

Der Operationschef selbst war am Apparat. Seine kurzatmige Fettbauchstimme, immer noch beeinträchtigt von der Zeit, als er ein Panzerbataillon geführt hatte – aber das war fast schon eine halbe Ewigkeit her –, begann wie immer beherrscht ruhig.

„Auf Merville Basis ist eine He-hundertelf gelandet."

„Meinen Sie den Weltkriegsbomber?"

„In voller Kriegsbemalung."

„Aus dem Museum?" erkundigte Urban sich.

„Er kam schwerbeschädigt vom Feindflug aus England zurück. Mit fünf Mann Besatzung."

„Ein Silvesterknaller", bemerkte Urban, „jetzt im Mittsommer?"

Die Stimme des Alten wurde allmählich hektisch. Wie immer, wenn er in Rotation geriet.

„Stellen Sie um Gottes willen keine Fragen. Fliegen Sie hin. Sofort. Egal ob in London Nebel herrscht, ob es hagelt oder schneit."

Einiges wollte Urban aber noch wissen.

„Wann war das?"

„Vor sechs, sieben Stunden. Kam über NATO-secret eben durch. Wir haben oben" – mit oben war stets die Präsidentenetage gemeint – „beschlossen, daß es nur einen Mann in der Nähe und überhaupt gibt, der ... Also, wann können Sie in Merville sein?"

Urban hoffte, es bis morgen früh zu schaffen.

„Und noch was", erwähnte der Alte. „Nehmen Sie die Sache ernst. Man stelle sich vor, ein halbes Jahrhundert nach dem Krieg landet ein deutscher Heinkelflieger mit diversen Beschädigungen in Belgien. Er trägt Einschußlöcher von Flak und Spitfires. Ein Mann ist verletzt. Alles andere Originalton großdeutsche Luftwaffe."

„Soweit Amerikaner das beurteilen können", schränkte Urban ein.

„Die Heinkel hat im Bombenschacht noch Abwurfmunition hängen. Uniformen, Befehlsunterlagen, das Leuna-Benzin in den Tanks, die Notverpflegung, Fliegerschokolade, die Pervetin-

Lutschtablette am Handgelenk, alles stimmt. Was sagen Sie dazu?"

„Wahnsinn!" gestand Urban. „Einzelheiten morgen."

Urban versuchte, von der Tagungsleitung einen fliegenden Untersatz zu kriegen. Schwierig jetzt um Mitternacht.

Sie wollten alles versuchen, hieß es. Dann ging er zurück an die Bar.

„Jetzt brauche ich noch ein paar Tropfen, um mich zu beruhigen", gestand er dem britischen Kollegen.

„Darf ich was fragen, Bob?"

„Frag nur."

„Was ist los?"

„Frag lieber nicht."

Urban erzählte, was er wußte. Geheim ließ sich der Vorfall ja doch nicht halten.

„Wenn das stimmt ..." sagte der Engländer. „Aber es kann gar nicht stimmen. Auf die Gräber dieser fünf Flieger hat man doch längst Vergißmeinnicht gepflanzt."

»Und selbst die sind schon fünfzigmal verblüht."

Urban orderte noch einen Drink.

„Das gleiche, Sir?" fragte der Barmixer.

„Nein, diesmal Whisky mit Scotch. Schmeckt in der Not am besten."

Einer der Organisatoren der Tagung, ein britischer Brigadier, hatte dafür gesorgt, daß für Urban bei Sonnenaufgang auf der Royal Airforce Base Nottingham ein Kurierjet bereitstand. In drei Stunden also.

Urban hatte die Reisetasche, die alte elchlederne, gepackt und sich noch einmal hingelegt. Ein Stabsadjutant wollte ihn wecken, sobald der Dienstwagen vorfuhr.

„Klopfen Sie kräftig“, hatte Urban gebeten.

Es wurde kräftig geklopft.

„Die Tür ist auf“, rief er verschlafen.

Im Nu war er wieder weg, bis er diesen freundlichen Duft wahrnahm. Angenehm, äußerst angenehm, wie nach Weib, besser, wie nach Dame.

Er blinzelte. An seinem Bett stand ein Mädchen. Erst sah er nur Knie, nackt und braun, den Saum eines Rockes, dunkelblauer Uniformstoff bester Qualität. Weiter oben eine mittellange Kostümjacke, tailliert, dreimal mit goldenen Knöpfen geknöpft. Das Revers bildete einen spitzen Ausschnitt, darin zartbraune Haut, kein Schmuck, auch keine Ohrringe. Ein herzförmiges Gesicht, rotes Haar, irische Augen und um den Mund ein Lächeln.

Der Duft stammte von einem der neuartigen Naturparfums, die in Richtung Heu, Limonen, Zimt, Pfirsich, Sandelholz, Bienenwachs und Wein komponiert waren.

„Hübsche Adjutanten haben diese Engländer“, sagte er. „Ist es schon soweit?“

„Gruß von Major Sinclair“, flüsterte die Lady in Blau.

Absender war also der Junge, mit dem er gesoffen hatte. Sinclair, der mit dem Weltschmerz, mit der Angst vor der Zukunft.

„Und ein Geschenk von Major Sinclair“, ergänzte die Schöne.

Es konnte sich nur um eine Flasche Scotch handeln. Aber sie hatte nichts in der zarten Hand.

„Eigentlich bin ich noch voll bis Unterkante Augenbraue“, gestand Urban.

„Es ist nichts zu trinken“, sagte die Engländerin, die aussah wie eine Mischung aus Stewardeß und Armybediensteter.

Jetzt endlich war Urban wach und begriff.

„Teufel! Vielmehr, na so was. Dann sind Sie also . . .“

„Mein Name ist Lu oder Manny oder Susan, Sir. Womit wären Sie denn einverstanden?“

Sie begann, die Jacke aufzuknöpfen.

Urban legte sich zurück und schaute ihr neugierig zu.

„Daß du damit weitermachst“, sagte er, „das wäre mir am liebsten.“

Sie hatte die Jacke jetzt offen, zog sie aus und ließ ihre kleinen nackten Brüste hüpfen, halbrunde Dinger mit rosa Spitzen. Schwer zu entscheiden, welches von beiden das hübschere war. – Dann sirrte der Reißverschluß. Der Rock ging auf Tiefe wie ein alarmtauchendes U-Boot. Sie stieg heraus, griff mit den Daumen in den Sliprand, zog das weiße Spitzengewebe mit einer Schlängelbewegung über den Hintern, als häute sich eine Cobra. Sie hatte rotes Schamhaar, wie ein kurzgeschorener Pelz und einen wunderschönen speckigen Hügel.

Offenbar gehörte es zu ihrem Stil, daß sie die hochhackigen Schuhe anließ. Engländer hatten es gern mit Sporen.

Sie war sehr schlank, fast ein wenig zu knochig, aber dort, wo sich's gehörte, war sie warmfeucht und flauschig. Urban fühlte es mit seinen sensiblen Fingerkuppen.

Sie stand immer noch da und sagte:

„Rückst du zur Seite, oder willst du es anders?“

„Wie anders?“

Sie drehte sich um und klatschte sich auf den

Hintern. Dann spreizte sie die Beine, setzte sich auf ihn und fummelte an seinem Hosengürtel.

„Oder so?“ fragte sie.

„Oder so“, sagte er. „Fangen wir mal so an.“

Eines mußte man den Briten lassen, das hatten sie den anderen weit voraus. Die anderen redeten immer nur davon. Die Briten aber machten in der Tat äußerst brauchbare Geschenke.

4.

Zuerst fiel es einer kanadischen Fernpatrouille auf, einer Brequet-Atlantik, die Aufklärung im Eismeer flog. – In der endlosen Weite zwischen Jan Mayen und Spitzbergen gab es eine Unregelmäßigkeit.

Unregelmäßigkeiten gingen für NATO-Einheiten immer von unbekannten Objekten, die nicht identifiziert werden konnten, aus. Egal, um was es sich handelte, um sowjetische Tanker, isländische Fischtrawler oder irgendwelche Luxusliner. Jede treibende Gemüsekiste wurde registriert. Von Kriegsfahrzeugen ganz zu schweigen.

Der Mann am Radarschirm wurde lebendig.

„Sieht aus wie ein U-Boot“, sagte er. „Mal näher ran.“

„Und Magnetsonde ausfahren!“ befahl der Kommandant.

„Dieselabgassonde auch?“

„Erst, wenn wir dichter dran sind.“

Noch einmal wurden die Karten und die Unterlagen mit den gemeldeten Bewegungen von NATO-Einheiten überprüft. In diesem Gebiet, auf 78 Nord und 09 Grad Ost, zeigten sie absolut Zero.

Die britische Zerstörerflottille, die von der Packeisgrenze in Richtung Schottland marschierte, hatten sie schon vor einer Stunde überflogen.

„Also rein kartenmäßig", sagte ein Sergeant, „müßte die See hier glatt sein wie ein Arsch. Nicht mal der Iwan ist unterwegs bei dem Wetter."

„Und wer, bitte, ist dann der Pickel?"

„Dein Arsch hat 'nen Pickel", sagte der Mann an der Sonde, die jetzt ausgefahren war und an einer neunhundert Meter langen Leine aus dem Aufklärer herabhing.

Die kanadische Brequet-Atlantik verließ ihre Operationshöhe von 24.000 Fuß und ging tiefer.

Die ersten brauchbaren Werte kamen über Radar.

„Form oval, zigarrenförmig", wurde gemeldet.

Heute, wo alle Schiffe wie rechteckige Kästen gebaut waren, deutete das auf etwas Stromlinienförmiges hin, und stromlinienförmig war verdächtig.

„Kurs?"

„Ost, genau siebenundneunzig Grad, Sir."

Das war Richtung norwegische Küste.

„Geschwindigkeit?"

Sie wurde durch das Dopplerradar bestimmt.

„Neun Knoten."

Da der Wind ablandig von der Küste stand und kein Segler so hoch an den Wind ging, konnte es kein Segelschiff sein. Das bestätigte auch die Magnetmessung.

„Eisen, Sir", sagte der Mann an der Sonde.

Segler waren meist aus Kunststoff oder aus Holz.

„Abgase?"

„Nichts, bis jetzt. Unten herrscht starke Brise."

Die Abgasschnüffelsonde konnte zweierlei registrieren. Die Temperatur und verbrannte Kohlenwasserstoffe wie Benzin, Diesel oder schweres Heizöl, wie es Turbinenfrachter verfeuerten.

Aber dazu mußten sie noch tiefer.

„Runter auf tausend Fuß", entschied der Kommandant der Brequet-Atlantik. „Ich möchte verdammt endlich wissen, wer unter uns herumkrebst."

Der Sinkflug wurde eingeleitet. Bald fing es an, kompliziert zu werden. Sie gerieten in dichte Bewölkung. Aus schweren Wolken trieb Schneegestöber seewärts.

*

Der kanadische Seeaufklärer folgte dem Objekt kreisend nach Osten. Gegen 16.00 Uhr riß die Bewölkung auf. Sie bekamen Sichtkontakt.

Hinter dem unbekannten Objekt schäumte das Kielwasser. Es hatte Tempo zugelegt.

„Der macht jetzt satte zwanzig Knoten", maß der Mann am Dopplerradar.

„So schnell läuft kein U-Boot."

„Die neuen Atom-U-Boote schon. Aber nicht über Wasser."

„Ein Atom-U-Boot ist es nicht", erklärte der Sergeant am optischen Zielsucher.

„Was dann?" fragte der Kommandant ungeduldig. „Vielleicht kriege ich endlich präzise Meldungen."

„Er hat seine Geschwindigkeit auf sechsundzwanzig Knoten erhöht. Jetzt läuft er dreißig Knoten."

Für ein Wasserfahrzeug bedeutete das Schnellzugtempo.

Nun kam auch die Zielansprache des Mannes am monokularen 100x50-Fernrohr. Er führte es in der kardanschen Aufhängung nach.

„Zweifelsfrei kein U-Boot."

„Dieselabgase", wurde gemeldet. „Vermutlich von aufgeladenen Dieselmotoren."

„Ein Schnellboot, Sir."

„Schnellboot oder Hochseeyacht?“ wollte der Kommandant wissen.

„Keine Flagge, Sir.“

„Das ist gänzlich ausgeschlossen. Es gibt keine flaggenlosen Freibeuter mehr.“

„Und er ist bewaffnet. Vor der Brücke eine Maschinenkanone, hinter der Brücke ein Zwillings-MG, kann aber auch eine Vierrohrflak sein. Ja, es ist eine Vierrohrflak. Und was, zum Teufel, ist das Dicke? Was bedeuten die zwei dicken Rohre, an Backbord und Steuerbord von mittschiffs bis zum Bug verlaufend?“

„Die Kanalisation“, witzelte einer.

Der Kommandant der Breguet-Atlantik drängte seinen Sergeant vom Zielfernrohr und nahm nun selbst die Beobachtung vor.

Seine Lippen bewegten sich in leisen Flüchen.

„Beim Lehrgang für Schiffstypenkunde haben Sie aber gefehlt“, warf er seinem Sergeant vor. „Die Rohre sind Torpedoausstoßrohre. Es handelt sich um ein Torpedoschnellboot.“

Nun wandte der Kommandant sich an einen der Techniker, der ziemlich weit hinten in dem mit Elektronik vollgestopften Rumpf der Maschine vor einem Computer saß.

„Geben Sie mir alles, was Sie über Torpedoschnellboote im Bildspeicher haben.“

„Kanadische?“

„Nein, vom ganzen NATO-Bereich plus sowjetische.“

Es dauerte einige Zeit.

Der Kommandant wandte sich wieder an den Zielfinder.

„Machen Sie Aufnahmen. Los, schnell!“

Der Sergeant setzte die Kamera auf und stellte die Optik scharf.

Inzwischen erschien auf dem Computerbildschirm das erste Foto eines Schnellbootes.

„Nein, das ist es nicht", sagte der Major. „Das nächste!"

Im selben Moment hörte er den Zielfinder schimpfen.

„Verflixt, die Wolken!"

„Versuchen Sie es mit Infrarot."

Allmählich wurde die Jagd auf das unbekannte Objekt hektisch. Es wurde auch über Sprechfunk angerufen. Aber von unten meldete sich niemand.

Auf dem Computerbildschirm erschienen immer neue Typen von Torpedoschnellbooten, wie sie in aller Welt an allen Küsten von den seefahrenden Nationen benutzt wurden.

Der Major schüttelte immer wieder den Kopf.

„Nein, größer – nein kleiner – etwas schmaler – vorne spitzer – hinten ein wenig stumpfer – zwei Torpedorohre – bei dem fehlt die Maschinenkanone . . ."

„Das war alles, Sir."

Der Zielfinder war gerade dabei, anstelle der normalen Kamera mit Tageslichtfilm das Infrarotfilmgerät einzuspannen, als sich die Cockpittür öffnete.

„Vor vier Minuten haben wir den maximalen Umkehrpunkt erreicht, Major", meldete der Pilot. „Wenn ich nicht sofort auf Gegenkurs gehen, dann schaffen wir es nicht einmal mehr bis Basis Reykjavik."

Außerdem wurde es bald dunkel. Und sie hatten das Objekt verloren. Einige diffuse Reflexe tauchten noch im Radar auf, aber der Radarbeobachter wollte für nichts garantieren.

„Das ist er", sagte der Kommandant. „Ich freß 'nen Besen."

„Kann auch ein Walfisch sein, Sir."

Sie flogen noch eine weite Suchschleife, dann meldete sich der I. Pilot wieder. Seine Warnung, daß der Sprit zu Ende ging, wurde immer dringender. Schließlich war der Aufklärer bereits vierzehn Stunden in der Luft im Einsatz.

„Okay“, entschied der Kommandant schweren Herzens. „Kurs Island.“

Aber ganz gab er nicht auf.

*

Der Commodore der britischen Zerstörergruppe, die sich auf dem Rückmarsch nach Schottland befand, erhielt von der Admiralität in London einen dringenden Funkspruch.

Nach der Entschlüsselung beriet er sich mit zwei Kapitänleutnants, seinem taktischen und seinem Navigationsoffizier.

„Ein kanadischer Fernaufklärer hat in Planquadrat QX-63 ein verdächtiges Objekt ausgemacht. Es läuft Kurs Nordkap. Es handelt sich mit Sicherheit nicht um ein sowjetisches U-Boot. Wir stehen dem Objekt am nächsten und haben Abfangorder.“

„Und wenn es nur eine private Hochseeyacht ist?“ wandte der taktische Offizier ein.

„Komische Hochseeyacht mit Kanonen, Flak und Torpedorohren.“

„Reagierten sie nicht auf Erkennungssignal?“

„Weder noch. Sie führten keine Nummer und keine Flagge.“

Sie koppelten den Kurs des Objekts vom Ort seiner letzten Sichtung genau nach. Der Navigationsoffizier rechnete und sagte dann:

„Wenn wir äußerste Kraft laufen, vierzig Knoten, dann können wir ihn in zehn Stunden kriegen.“

„Wo ist er dann?“
Sie beugten sich über die Karten.
„Sehr nahe bei den Lofoten, Sir.“
„Und wie viele tausend Inseln sind das?“
„Einige hundert schon, Sir.“
„Und wenn er uns da entschlüpft?“
Sie kannten die Probleme der Navigation da oben zwischen den Inseln und den Fjorden während der Jagd nach so einem Objekt.
„Wie wird das Wetter?“
„Nebel, Schneetreiben, Wind bis vier aus NO. Mit alter Dünung ist zu rechnen.“
Gar nichts tun, das ging auch nicht.
„Unser schnellstes Schiff ist die Z-dreiunddreißig Ulster.“
„Die Ulster hat Probleme an der Backbordturbine gemeldet, Sir.“
Der Commander quälte sich eine Entscheidung ab.
„Dann Funkspruch an Z-neunundzwanzig Sheffield. Sofort auf Gegenkurs gehen. Zunächst fünfundfünfzig Grad. Höchstfahrt. Weitere Einzelheiten folgen.“
Um 17.00 Uhr am nächsten Tag erreichte der britische Zerstörer Sheffield jenen Punkt dicht unter der norwegischen Küste, wo er nach der taktischen Berechnung Kontakt mit dem unbekannten Torpedoschnellboot erhalten mußte.
Der hochmoderne Zerstörer versuchte mit allen elektronischen Mitteln, das unbekannte Objekt zu finden. Immerhin beschrieb sein Radar einen Kreis mit einem Durchmesser von nahezu fünfzig Meilen.
Aber die Begleitumstände des Raids wurden von Stunde zu Stunde ungünstiger. So hoch im Norden herrschte noch Winter.
Um 19.00 Uhr hatten sie eine dreißig Zentimeter dicke Schneeschicht, vermischt mit Hagelkörnern,

an Deck. Die Temperatur ging auf 2 Grad zurück. Der Nebel gefror zu Eiskristallen.

Das Radar wurde durch eine Reihe norwegischer Kutter, die mit ihren Schleppnetzen auf Lachsfang unterwegs waren, irritert.

Die Zacken am oberen Rand des Radarschirmes deuteten an, daß sie sich den Inseln näherten. Die Gefahr, sich an einer der vorgelagerten felsigen Untiefen den Rumpf aufzureißen, wuchs von Minute zu Minute.

Das Echolot meldete schon stark abnehmende Wassertiefen.

„Das ist es nicht wert“, entschied der Kommandant der Sheffield. „Nein, es ist nicht wert, einen Zerstörer Ihrer Majestät und zweihundert Mann Besatzung in Gefahr zu bringen. Funkspruch an die Admiralität: Brechen Unternehmung ab. Uhrzeit. Gez. Maxwell, Fregattenkapitän. – Diesen verdammten Zossen soll der Teufel holen. Der letzte Satz gehört natürlich nicht mehr zum Funkspruch.“

Der Zerstörer ging auf Heimatkurs. Marschfahrt 34 Knoten.

5.

Der BND-Agent Robert Urban landete auf der US-Luftbasis Merville am nächsten Morgen, etwa sechzehn Stunden nach Eintritt des besonderen Ereignisses.

Er war angemeldet. Ein Jeep holte ihn bei der Kuriermaschine ab und brachte ihn zur Kommandantur.

„Erst zu dem Heinkel-Bomber“, bat Urban den Ordonanz-Offizier.

„Er steht im Hangar, Sir.“

„Na schön, dann zum Hangar."

„Er wird streng bewacht, Sir."

„Das hoffe ich."

„Ich habe keine Erlaubnis, Sie an das fremde Flugzeug heranzulassen, Sir."

„Was heißt das? Betrachten die USA es als ihr Privateigentum?"

„Ich habe den Befehl, niemanden, ganz egal, wen, die Maschine auch nur berühren zu lassen, Commander."

„Okay, dann möchte ich zumindest wissen, ob sie überhaupt existiert oder ob ich hier einer Mystifikation aufsitze."

Der Leutnant rang sich zu einem Entschluß durch.

„Sichtkontakt wird sich vielleicht machen lassen, Sir."

Sie fuhren hinaus zu den Hangars, von denen einer durch Militärpolizei bewacht war. Sie betraten ihn durch die Mannpforte des großen Schiebetors.

Drinnen stand das Weltkrieg-II-Kampfflugzeug. Kein Zweifel, eine He-111.

Urban war kein Experte für historische Flugzeuge, aber um einen Nachbau handelte es sich gewiß nicht.

Ohne zu fragen, zückte er seine Minox und blitzte einen halben Film durch. Immer drei Schritte vor dem Leutnant knipste er die Heinkel von allen Seiten. Von hinten, von vorn und von unten. Er hätte sie auch gern von oben fotografiert, aber der Ordonanzoffizier hielt ihm nun die Hand vor das Objektiv.

„Sorry, Sir. Verboten."

„Warum bin ich dann hier?"

„Ich habe Sie direkt zum Colonel zu bringen, Sir."

Sie bestiegen wieder den Jeep und fuhren hinüber zu dem langen einstöckigen Gebäude neben der Flugleitung, wo die Kommandantur untergebracht war.

Gerne hätte Urban erfahren, was die Amerikaner bisher ermittelt hatten.

„Unsere Experten haben das Flugzeug untersucht“, sagte der Leutnant. „Heute nacht.“

„Bis zur letzten Sprengniete“ höhnte Urban.

„Gehen Sie ruhig davon aus, Sir.“

„Und mit mir machen Sie so ein Theater. Ich bin auch eine Art Fachmann.“

„Das mag durchaus zutreffen, Sir“, sagte der Leutnant, „und ich zweifle auch nicht daran, sonst hätte man Ihren Besuch in Merville gar nicht gestattet, aber bei diesem Bomber, das müssen Sie verstehen, ergibt sich eine besonders heikle Rechtssituation.“

„Er gehört uns“, behauptete Urban gegen besseres Wissen.

„Wem, Sir? Der Bundesrepublik? Das genau ist die Frage. Handelt es sich, wie anzunehmen, um einen echten Heinkel-Bomber, dann ist er Eigentum der ehemaligen großdeutschen Luftwaffe, die jedoch nicht mehr existiert. Ebensowenig wie das ehemalige Dritte Reich. Die großdeutsche Wehrmacht kapitulierte, glaube ich, im Mai 1945. Alle Waffen fielen damals an die Alliierten. Mithin ist der Bomber jetzt im Besitz und Eigentum der Vereinigten Staaten, denn er landete auf einem US-Stützpunkt.“

„So betrachtet“, räumte Urban ein, „wird es zu einem riesigen Kompetenzstreit kommen, der der Aufklärung der Sache natürlich äußerst abträglich ist. Ich nehme an, man requiriert diesen Bomber fürs Museum. Andererseits fordert man von uns eine Erklärung dieses rätselhaften Vorganges.“

Sie hielten vor der Flugplatzkommandantur.

Der Leutnant brachte Urban zum Office des Colonel und verabschiedete sich, indem er Urbans Worte benutzte.

„So betrachtet, Sir, mögen Sie recht haben. Leider bin ich in diesem Punkt nicht zuständig."

*

Der Colonel ging auf Urban zu.

„Hallo, Commander!"

Er war höflich, aber von gebremster Freundlichkeit.

Urban versuchte die Lage zu analysieren.

Einerseits wollten die USA die Zusammenarbeit der Geheimdienste nicht behindern, andererseits hatte die CIA den Fall wohl schon für sich allein reklamiert.

„Schön, daß Sie vorbeischauen, Commander", sagte der Amerikaner. „Die technische Kommission hat ihre Arbeit beendet und ist abgereist. Leider steht die Maschine jetzt unter Quarantäne, oder nennen Sie es meinetwegen unter Sequestration."

„Kann ich den Bericht einsehen?" erkundigte Urban sich.

„Der liegt noch nicht vor. – Einen Kaffee, einen Bourbon, Commander?"

Urban begehrte unter diesen Umständen eher etwas anderes.

„Wo ist die Besatzung?"

„Im Bunker."

„In dem Bunker, wo normalerweise Ihre Soldaten Disziplinarstrafen verbüßen."

„Ein recht komfortabler Bunker", bemerkte der Colonel. „Mit Feldbetten, WC und Dusche."

„Auch mit ärztlicher Betreuung?" fragte Urban.

„Nur für den Verwundeten“, schränkte der Kommandeur ein.

„Wie steht es mit Verpflegung?“

Nun ließ der Colonel es heraus.

„Natürlich servieren wir ihnen nicht dasselbe Essen wie unseren GIs.“

„Gefangenenkost?“ vergewisserte Urban sich.

Der Colonel faßte es präziser.

„Es sind Kriegsgefangene.“

„Wo herrscht Krieg, Colonel?“

„Damals mögen Sie noch in die Windeln gemacht haben, Commander“, sagte der Oberst, der in seiner Karriere offenbar hängengeblieben war, denn er sah aus wie sechzig, „aber es gab mal den sogenannten zweiten Weltkrieg. Ist ungefähr fünfundvierzig Jahre her. Diese fünf Männer sind Besatzungsmitglieder eines kampffähigen Heinkelbombers. Sie behaupten, von einem Einsatz aus England zurückzukommen und leben quasi noch im Jahr neunzehnhundertvierundvierzig. Ausgehend von der Kriegslage des Jahres vierundvierzig, sind diese fünf Leute Kriegsgefangene.“

„Dann“, sagte Urban, „gilt auch die Haager Landkriegsordnung. Ich komme als neutraler Beobachter, um die Gefangenen nach der Behandlung sowie nach ihrem Gesundheitszustand zu befragen.“

Der Colonel schaukelte im Sessel vor und zurück, um Zeit zu gewinnen. Offenbar mangelte es ihm am nötigen Durchblick.

„Sie sind für mich kein Neutraler, Commander Urban. Übersehen Sie bitte nicht, daß es zwischen Ihrem Land und den Alliierten noch keinen Friedensvertrag gibt. Ein paar Besatzungsvereinbarungen ja, aber keinen Friedensvertrag.“

Dem konnte Urban wenig entgegensetzen. Trotzdem versuchte er etwas.

„Ich habe den Auftrag, diesen doch ziemlich rätselhaften Vorfall zu klären."

„Daran arbeitet bereits unsere CIA."

„Na schön, dann wünsche ich ihn gemeinsam mit der CIA aufzuklären. Ich spreche zum Beispiel einigermaßen gut Deutsch."

„Mag ja sein, aber . . ."

„Und habe Erfahrung auf einschlägigen Gebieten."

Der Colonel bedauerte, sich an seine Order halten zu müssen. Inwieweit Urban den laufenden Verhören der He-111-Besatzung beiwohnen dürfe, müsse er erst telefonisch mit seinem Hauptquartier abklären.

Urban ging in die O-Messe, um zu frühstücken.

Es gab das dünne Gesöff, das die Amerikaner als Kaffee bezeichneten, und schrumpelige alte Doughnuts vom Vortag, die bei zivilisierten Menschen unter dem Namen Schmalzkringel liefen.

*

Eines der Büros war notdürftig für die Verhöre vorbereitet worden.

Der zu Verhörende saß auf einem Stuhl im grellen Licht von zwei Fotolampen. In der Zone, die für ihn dunkel war, stand ein Schreibtisch, dahinter saßen ein Offizier und der Dolmetscher. Das Tonband lief, die Videokamera auf dem Stativ zeichnete alles auf, und eine Schreibkraft stenographierte mit.

An der Wand standen weitere Offiziere. Der Colonel, sein Stellvertreter, ein Mann von der NATO aus Brüssel, ein Agent der CIA-Residentur in Belgien, der BND-Agent Robert Urban sowie zwei Militärpolizisten.

Der Captain, der die Deutschen verhörte, verriet

wenig Erfahrung in diesem Job. Er stellte nur Standardfragen.

Der Kommandant der Heinkel, der Ritterkreuzmajor, war als erster an der Reihe.

„Name?“

„Klemm, Heinrich.“

„Beruf?“

„Soldat.“

„Geboren?“

„12.6.1916.“

„Wo?“

„In Lübeck.“

„Wohnhaft?“

„Ebendort.“

„Verheiratet?“

„Ja, eine Tochter.“

Genaue Adresse, Mädchenname der Ehefrau, Schulbildung, Mitgliedschaft in der NSDAP oder anderen Naziorganisationen, so ging es weiter.

„Auszeichnungen?“

„EK-I, Deutsches Kreuz in Gold und das da“, der Major griff an den Halsorden.

„Wie viele Feindflüge?“

„Dreihundertsiebenundachtzig.“

„Dienststellung?“

„Gruppencommodore.“

„Ist das mehr als Staffelkapitän?“

Der Major grinste.

„Eins darüber. Die fliegenden Einheiten bauen sich von Rotten, Ketten, Staffeln über Gruppen und Geschwader bis zur Luftflotte auf.“

„Welcher Luftflotte unterstehen Sie?“

„Mit meiner Gruppe im Kampfgeschwader General Wever unterstehe ich der Luftflotte drei.“

„Schildern Sie jetzt Ihren Einsatz!“

Auf dem Tisch lag Beweismaterial. Karten, Funkunterlagen, Signaltafeln, die Eichkurve für das Peilgerät, Sicherungen für die Funkgeräte, die Kompensationszahlen für den Magnetkompaß, ein Sack, voll mit Reserveschlagbolzen für die Bordwaffen, Einsatzverpflegung, Fallschirme, Pistolen und Signalmunition. Dutzende von Dingen, die man aus der Heinkel geholt hatte.

Nun folgte die Schilderung des letzten Einsatzes.

Im Verlauf des Vor- und Nachmittags wurden noch weitere Besatzungsmitglieder auf ähnliche Weise verhört. Ihre Berichte waren nahezu identisch.

Sie alle schilderten den Englandflug folgendermaßen:

„Der Start sollte bei Nacht erfolgen, dann bei Büchsenlicht am Morgen des 28. Juni.

Da unser Funkgerät unklar war, verschob sich der Start noch zweimal um eine Stunde. Er wurde trotzdem durchgeführt, da der Geschwadermeteorologe über dem Zielgebiet optimale Wetterbedingungen garantierte: nämlich starke Bewölkung, Untergrenze zweihundert Meter.

Der Start mit Überlast verlief glatt. Wir flogen Richtung Ärmelkanal und erhielten bis zur britischen Küste Jagdschutz durch eine Rotte FW-96.

Nachdem die Jäger abgedreht hatten, beobachteten wir vereinzelt Flakfeuer. Doch die Wolken deckten uns.

Gegen 14.45 Uhr erreichten wir unseren Ablaufpunkt. Fortan war präzise Zielnavigation erforderlich.

Wir verließen die Wolkendecke nach unten und sahen bald Newark on Brent liegen. Unser Kampfbeobachter, Oberleutnant Seiler, konnte im Dunst das Ziel, die Kugellagerfabrik, deutlich ausmachen.

Trotz heftigen Flakfeuers, das uns mit allen Kalibern entgegenschlug, flogen wir auf unter hundert Meter Höhe an. Obergefreiter Lutz am Bombenzielgerät löste die SC-1800-Satan aus. Die Bombe fiel in die Haupthalle der Fabrik. Die zweite Bombe klemmte im Schacht.

Mit Fluchtleistung auf beiden Motoren zogen wir hoch, um in den Wolken zu entkommen. Dabei kassierten wir an Tragflächen und Leitwerk Flaktreffer.

Um 15.05 Uhr lagen wir schon auf Heimatkurs. Durch Wolkenlöcher war der Brand der Fabrik noch aus hundert Kilometer Entfernung zu erkennen.

Die Flaktreffer hatten die Flugfähigkeit unserer 5j+il kaum beeinträchtigt. Aber noch lag ein Rückmarsch von neunhundert Kilometern oder auch zwei Flugstunden vor uns.

Der versprochene Jagdschutz ab der Themsemündung war nicht zur Stelle. Außerdem lockerte die Wolkendecke sich jetzt stark auf. Dann kamen englische Spitfires in Sicht. Wir wehrten uns mit allen Mitteln. Unserem Bordmechaniker, Unteroffizier Richter, gelang es, mit dem 13-Millimeter-MG einen der englischen Jäger in Brand zu schießen und die anderen auf Distanz zu halten. Aber einer griff uns im Steigflug von schräg unten an.

Er jagte uns mehrere Garben in den Rumpf, zerschoß die Höhenleitwerkstangen und die Trimmung, außerdem den Glykolbehälter der Kühlung des linken Motors.

Dabei gab es den Verwundeten.

Im letzten Anflug kam die Spitfire von vorn. Diesmal erzielte sie einen Treffer an der Motorstirnseite. Die Luftschraube brach zum Teil weg, wodurch der Motor unruhig lief und schüttelte.

Unser Flugzeugführer, Major Klemm, stellte den Motor ab. Da aber das Propellerverstellgetriebe auseinandergerissen war und die Luftschraube sich nicht auf Segelstellung bringen ließ, mußte er den Motor weiterlaufen lassen. Die He-hundertelf wäre sonst, trotz Abwurf von Gewicht, nicht zu halten gewesen. Wir sanken mit etwa zwei Metersekunden.

Der mit Kampfleistung laufende rechte Motor überhitzte. Wir hungerten uns aber bis zur Küste durch, von wo uns der Anflug auf den Ausweichhorst Merville gelang. Wir schossen Notsignal.

Major Klemm schaffte die Landung trotz defekter Instrumente und der klemmenden zweiten Bombe. Dann, nach dem Aufsetzen – Brandhahn zu, Zündung raus.

Daß der Flugplatz Merville in den wenigen Stunden unseres Einsatzes von den Amerikanern besetzt worden war, brachte uns ziemlich aus der Fassung."

*

Die Tatsache, daß die Landung der Heinkel-111 nicht am 28. Juni 1944, im fünften Kriegsjahr also, sondern am 28. Juni 1990, mithin sechsundvierzig Jahre später, im tiefsten Frieden also, erfolgt sein sollte, löste bei der Besatzung zunächst Heiterkeit, dann Unglauben und am Ende Ratlosigkeit aus.

Die Männer wurden unter strenger Bewachung ins Air-Base-Lazarett gebracht, wo man von ihnen Blut-, Urin- und Kotproben nahm.

Der Colonel wandte sich hilfesuchend an Urban.

„Verstehen Sie jetzt, daß wir vor einem Rätsel stehen? Vor einem Mirakel, das wir streng geheimhalten müssen und dessen Lösung wirklich nur handverlesenen Experten überlassen werden darf. Zu viele Köche verderben nur den Brei."

„Ganz Ihrer Meinung", äußerte Urban.

„Und was beabsichtigen Sie in der Sache zu tun?"

„Weiß ich noch nicht."

„Haben Sie irgendeine Theorie, und sei sie noch so gewagt?"

„Nicht die geringste."

„Ein Mann, eine Berühmtheit wie Sie, dem schon alles begegnete, was überhaupt vorstellbar ist in dieser Szene, begabt mit Phantasie, mit technischem Einfühlungsvermögen, mit Kenntnissen auf dem Gebiet der Historie, der militärischen Taktik, der Strategie, dem weiten Feld des Verbrechens und auch dem, was man Science-fiction nennt, Sie haben wirklich keine Idee?"

„Mir fällt auf", gestand Urban, „daß Sie mich plötzlich so gut zu kennen glauben, Colonel."

Die Diskussion ging nicht weiter, und Urban ließ auch nichts aus sich herauslocken, denn ein Melder brachte ein Telex aus London.

Der Basisadjutant schielte dem Colonel über die Schulter.

„Nicht chiffriert", stellte er fest.

„Vom britischen Minister für Rüstung", erklärte der Colonel. „Wir gaben ihnen gestern nacht noch die ersten Einzelheiten durch. Auf Bitten des NATO-Oberkommandierenden haben sie sofort im Kriegsarchiv nachgeblättert. Stichtag 28. Juni vierundvierzig."

Der Colonel reichte Urban das Fernschreiben.

Die Engländer bestätigten im wesentlichen den Einsatzbericht der Heinkel-Besatzung.

Ein einzelnes Flugzeug hatte in den frühen Nachmittagsstunden das Kugellagerwerk in Newark on Brent mit einer Luftmine nahezu völlig zerstört. Nach Angaben eines Spitfire-Piloten war die Maschine später über der Themsemündung abgeschossen worden.

„Nun ja“, sagte der Colonel, selbst ein alter Flieger. „Wir kennen das ja. Man erzielt Treffer, sieht schwarzen Qualm und meldet einen Abschuß.“

Egal, wem sie nun glaubten, dem Spitfire-Piloten oder der Heinkel-Besatzung, der Wahrheit waren sie dadurch nicht einen Schritt nähergekommen.

Da man Urban weiterhin die Besichtigung des Flugzeugs und Gespräche mit der Besatzung verwehrte, verabschiedete er sich und fuhr am Nachmittag nach Brüssel. Dort nahm er die erste Linienmaschine nach München.

6.

Der unter irakischer Flagge fahrende Frachter *Chadan* hatte am 16. Juni den Hafen von Basra im Schatt Al Arab verlassen. Mit gemischter Ladung, mit Baumwolle, Tabak, Dattelprodukten und einigen Containern dampfte die *Chadan* durch den Persischen Golf, um Aden herum ins Rote Meer.

Den Sueskanal passierte sie am 22. Juni. Ihr Ziel, den französischen Kanalhafen Le Havre, bekam sie nach stürmischer Biskayadurchquerung sechs Tage später in Sicht.

Die *Chadan* nahm den Lotsen auf und machte in den Abendstunden des 28. Juni am Freihafen-Pier von Le Havre fest.

Noch vor Dunkelheit kam der Zoll an Bord.

Bei Schiffen aus dem Irak gingen die Beamten mit besonderer Sorgfalt vor. Der Irak stand unter dem Verdacht, mit Hilfe europäischer Industrieländer die Atombombe gebaut zu haben. Jede Art von Ladung, egal ob sie in den Irak ging oder vom Irak kam, wurde mißtrauisch begutachtet.

Die Beamten prüften die Ladepapiere, nahmen Stichproben vor, fanden jedoch nichts zu beanstanden.

„Was ist in den Containern?“ fragten sie, obwohl es in den Frachtdokumenten stand.

„Kupfer und Maschinenschrott“, erklärte der Erste Offizier der *Chadan*.

„Seit wann exportieren Sie so was?“

„Seitdem wir unsere Schlachtfelder aufräumen, Monsieur.“

„Und Sie jubeln uns keine strahlenden Atomabfälle unter die Weste?“ erkundigten die Zöllner sich.

„Zeigt Ihr Geigerzähler etwas an, Inspecteur?“

„Nur Normalwerte.“

„Na bitte«, spöttelte der Araber. „Aber uns schikaniert man ja immer. Tausende von Tonnen Waffen liefert Frankreich an Saudi-Arabien und nach Teheran. Aber uns schwärzt man an, wir hätten eine Atombombe gebastelt.“

„Etwa nicht?“

„Schön wär's“, gestand der Dritte Offizier.

Der Zolbeamte strich um einen der Container herum. Es war einer der größten, die bei der internationalen Frachtschiffahrt in Benutzung waren. Vier Meter breit und acht Meter lang.

„Gewicht fünfzig Tonnen“, stellte der Franzose fest. „Inhalt?“

„Dieselmotoren zur Überholung nach Deutschland.“

„Warum bringen Sie die nicht gleich nach Bremen?“

„Wegen fünfzig Tonnen“, winkte der Schiffsoffizier ab. „Das würde eine teure Fracht. Nein, wir müssen mit Renault-LKWs sofort wieder zurück.“

Dem Mann vom französischen Zoll erging es wie

allen erfahrenen Zollbeamten. Manchmal spürten sie irgend etwas im Bauch, ein kribbelndes Gefühl.

„Ich würde mir diese kaputten Dieselmotoren gerne ansehen."

„Dann müssen wir den Container öffnen."

„Oui, anders geht es wohl nicht."

„Darf ich", mischte der Kapitän der *Chadan* sich ein, „die Messieurs darauf aufmerksam machen, daß dieser Container in ihrem Zollhafen nur zwischengelagert wird, bis ein deutscher Frachter ihn mitnimmt. Ein Transitgut also. Genügt es nicht, wenn Sie nur Ihre Plombe anbringen?"

„Die bringen wir sowieso an", sagte der Franzose und wanderte mit seinem Magnetometer um den Container herum.

Zweifellos handelte es sich bei dem Inhalt um Stahl, Grauguß und Altmetalle.

Mit dem schweren Kran wurde der Container an Land gesetzt und kam in das, was die Franzsoen Zollausschlußbereich nannten.

Die *Chadan* löschte bis zum nächsten Tag ihre Ladung und nahm dann sechzig Renault-LKWs an Bord. In der Hauptsache Zugmaschinen und dreiachsige Auflieger-Fahrgestelle.

Da nicht alle in den Laderäumen Platz hatten, wurden etwa ein Dutzend LKWs als Decksladung gefahren.

Am 30. Juni, mit der Morgenflut, verließ der irakische Frachter Le Havre wieder.

*

Unbemerkt vom französischen Zoll, betraten in den kommenden Tagen immer wieder unberechtigte Personen den Transit-Zollbereich des Containerbahnhofs.

Gekleidet in die üblichen blauen Overalls der

Hafenarbeiter, mit gelben Schutzhelmen auf dem Kopf, strichen sie durch die Reihen der Hunderte von Stahlkästen.

Niemand kümmerte sich um sie. Keiner schaute genau hin, was sie machten. Aber immer ging es ihnen darum, daß der 50-Tonnen-Container aus Basra unberührt an seinem Platz stand.

Einer der Männer unterhielt sich mit dem Führer eines der Container-Portalkräne. Ein anderer zeichnete Skizzen von der Straßenbreite innerhalb des Geländes, von den Kurvenradien und den Toren, die zu durchfahren waren. Er interessierte sich auch für die Mauer und den Zaun, die das Freihafengelände zur Landseite hin umgaben.

Sobald es dunkel wurde, zog einer dieser Leute als Wache auf. Stets blieb er in der Nähe des Containers. Er ließ ihn nicht aus den Augen, so als ob er Fracht aus purem Gold enthalten würde.

Sobald der Rundengänger mit seinem offenen Jeep durchfuhr, kletterte der Wächter auf den Container und warf sich oben flach hin.

Das ging einige Tage so.

In der Woche darauf betrat eine weibliche Person von etwa fünfundzwanzig Jahren das Hauptzollgebäude von Le Havre. Sie war auch für verwöhnte Augen einen Blick wert.

Ein raffiniert geschnittenes weißes Leinenkostüm unterstrich ihre schlanke Figur ebenso, wie das zarte Braun ihrer Beine, ihres Dekolletés im Jackenausschnitt und ihres Gesichtes.

Die junge Frau war blond, hatte blaue Augen, verwendete einen blassen Lippenstift und sah deutsch aus.

Sie legte ihren Paß und einige Papiere vor. Ihr Name war Evira Bruneck.

„Was kann ich für Sie tun, Madame?“ fragte der

Zollinspektor, der nicht nur von ihrem Parfum fasziniert war.

Die Besucherin – sie sprach einigermaßen gut Französisch – deutete auf ein Frachtkonnossement. Es handelte sich um eine Kopie.

„Das erhielten wir per Telefax. Ich bin Agentin eines deutschen Motoren-Überholungswerkes in Bremerhaven. Der Großcontainer mit dieser Nummer steht in Ihrem Zollbereich. Inhalt dreißig defekte LKW-Dieselmotoren. Der Container wird von dem Stückgutfrachter *Marianne Holst* abgeholt. Leider verzögert sich die Übernahme um einige Tage. Ich bin beauftragt, die Lagergebühren bis zum zehnten Juli zu entrichten."

Der Zollbeamte bedauerte, dafür nicht zuständig zu sein.

Er verwies die schöne Blondine zur Gebührenkasse des Terminals und erwähnte ausdrücklich, daß man den Container nur bei Vorlage der Originalfrachtpapiere übergeben könne.

„Die Originaldokumente befinden sich in den Händen des Kapitäns der *Marianne Holst*", versicherte die Blondine.

Der Zollbeamte beobachtete, wie die schöne Frachtagentin mit ihrem weißen Citroen BX in das Terminal hineinfuhr und etwa eine halbe Stunde später den Schlagbaum erneut passierte. Dann ging der Beamte wieder an seine Arbeit.

Ein Kollege kam herein.

„Was ist? Du schaust wie gestochen, Serge", fragte er.

„Eben hatte ich eine Puppe zu Besuch, so was gibt's gar nicht, so was."

„Man riecht es. Wenn sie nur halb so attraktiv ist, wie ihr Parfum duftet . . ."

„Das kannst du mit zehn multiplizieren",

schwärmte der Inspektor. „Eine Carmen in Blond und ganz in Weiß."

„Hast du sie angemacht?"

„Bin doch verheiratet."

„Na und?"

„Ist doch viel zu teuer so was."

„Hast du die Adresse?"

„Wozu?"

„Klar, wozu sich das Herz schwermachen", meinte der andere und verschwand grinsend.

Der Zollinspektor begann die schöne Blondine zu vergessen. Nur einmal noch wurde er an sie erinnert. Aber zu Gesicht bekam er sie nie wieder.

7.

Am Telefon war eine zittrige Meckerstimme.

Der Operationschef Oberst i.G.a.D. Sebastian versuchte seinem Agenten Zunder zu geben.

„Ziemlich müde, Ihr Merville-Bericht. Ist das alles?"

„Doppelt soviel, wie ich erfahren durfte."

„Was wollen Sie unternehmen?"

„Nichts", antwortete Urban. „Ich trinke Whisky und tue rein gar nichts."

„Es ist Ihr Fall."

„Seit wann?"

„Ordre per Mufti maximo."

Urban hatte ein reines Gewissen. Die Fotos waren in der Auswertung, die Kollegen vom Verfassungsschutz hatte er scharf gemacht, mit den Leuten vom Bundesarchiv in Berlin gesprochen. Er konnte nur abwarten.

Doch Sebastian, der alte Antreiber, erwischte ihn auf dem falschen Fuß.

„Wie kam es, daß man Ihnen in Belgien die kalte Schulter zeigte?"

„Wäre die Heinkel in Düsseldorf gelandet, dann hätten wir den Amerikanern dieselbe Schulter gezeigt", erwiderte Urban.

„Sie sind ziemlich kommunikationsunfähig, Nummer achtzehn."

„Wen wundert es", sagte Urban. „Auf Hundegebell kommt kein Waldesrauschen zurück. Echoprinzip. Außerdem tappen von Merville bis Washington alle blind durch die Gegend."

„Es soll Bergbauern geben, die wissen noch gar nicht, daß Adolf Hitler tot ist", bemerkte Sebastian in einem Anflug von Sarkasmus.

„Auf Merville-Base sind sie kaum weiter. Sie akzeptieren nicht, was sie sehen, weil es dafür keine Erklärung gibt."

„Haben Sie etwa eine?"

„Nur die, daß man Tote nicht wachküßt", hielt Urban sich heraus.

Dann bemäkelte der Alte noch, daß die Fotos unterbelichtet und verschwommen seien, und erwähnte, daß die Experten in einer Stunde in Pullach zusammenkämen.

Urban kleidete sich an und fuhr hinaus.

*

Als Experten für Weltkrieg-II-Flugzeuge waren Leute unter siebzig kaum zu kriegen.

Um den Tisch saßen drei Greise, ehemalige Luftwaffenoffiziere. Der lange mit einem Gesicht, so zerfasert wie die Wurzeln einer abgestorbenen Palme, der zweite hatte noch die alten Preußenzüge, nur der dritte war dick und hatte ein ruhiges Lächeln.

„Hallo, General!“ sagte Urban. „Hallo, Oberst! Hallo, Major!“

Man kannte sich.

Es war nicht der erste Fall von Befragung ehemaliger Experten der großdeutschen Luftwaffe.

Sie hatten die Vergrößerungen vor sich, Leuchtlupen, Fadenzähler, Zirkel und Lineale.

„Recht gute Fotos.“

„Wenn man bedenkt, daß sie aus zwanzig Meter Entfernung mit der Minox . . .“ sagte Urban.

„Sie wußten, auf was es ankommt.“

„Nun ja, er ist auch Flieger“, sagte der General.

Sie hatten die Fotos gründlich vermessen. In der EDV-Abteilung waren die Fotos mit Hilfe des Plotters aus der Perspektive herausgerückt und in eine Art Planskizze verwandelt worden.

„Also“, begann der Exgeneral, „keine Frage, das ist eine Heinkel-hundertelf P, mittelschwerer Mittelstreckenbomber. Zwei Jumo, zwölf V-Motore zu je 1340 PS.“

Er hob das Kinn und wandte sich an die Kameraden.

„Oder?“

„Eindeutig.“

Die nächsten Daten wurden bestimmt.

„Das letzte Standardmodell hatte gestutzte Flächen. Hier deutlich zu sehen. Ferner zu erkennen: Flugzeugführersitz links, Instrumentenkonsole in Kopfnähe, das Kanzel-MG ist nach rechts verlegt. Am Rumpf liegt die Bodenwanne für den MG-Schützen stark an. Im übrigen hat die Maschine schon die Luftschrauben mit den breiten Blättern.“

„Wann kam dieser Typ zum Einsatz?“ fragte Urban.

„Ab dreiundvierzig.“

„Waren bei Kriegsende noch He-hundertelf übrig?“

„Massenhaft, sogar fabrikneue. Wir hatten ja kein Flugbenzin mehr und auch keine ausgebildeten Besatzungen."

Der General, ein erfahrener Rüstungsexperte, fuhr fort:

„Das Fahrwerk, in die Motorgondeln einziehbar, hatte Elektronbremsen. Die vier Tanks in den Flächen waren selbstschließend und beschußsicher. Pilotensitz sowie B- und C-Stand sind gepanzert."

Meinungsverschiedenheiten gab es nur über die serienmäßige Bewaffnung; über Größe, Spannweite, Gewicht, Reichweite, Geschwindigkeit jedoch kaum.

„Dieses Modell", sagte der Major, „konnte eine Bombenladung von zweitausend Kilo ungefähr dreitausend Kilometer weit tragen. Die Einsatzgipfelhöhe lag bei neuntausend Meter. Abfluggewicht zwölf Tonnen. Die Geschwindigkeit war vierhundertvierzig km/h. Das machte uns jedem Jäger unterlegen."

Der Oberst wollte auch etwas beisteuern.

„Länge siebzehn Meter, Spannweite dreiundzwanzig, Flügelfläche knapp neunzig Quadratmeter. Alles aufgerundet, ich mag keine Kommas."

Der General war wieder an der Reihe.

„Standardbesatzung fünf Mann. Pilot, Kampfbeobachter, Bordfunker, Bordwart und Schütze."

„Was", fragte Urban, „ist eine SC-1800 Satan?"

„Die schwerste Bombe, die wir hatten. Mit Ausnahme der großen Brandkanister vielleicht."

„Und der Seeminen", erwähnte der Major.

Sie gingen ins Detail und aus dem Detail wieder ins Grobe. Nach zwei Stunden war man sich einig: Die Heinkel-111, die in Belgien stand, war mit Sicherheit keine Imitation, kein Nachbau, kein

Türke, wie man Potemkinsche Dörfer im kleinen zu nennen pflegte.

Dann wurde der Kaffee serviert. – Die alten Herren zeigten Ermüdungserscheinungen.

*

Aus dem Berliner Bundesarchiv kam die Mitteilung, daß die Besatzung von Major Klemm als vermißt galt.

Gemäß den Kriegstagebüchern der II. Gruppe des KG-vier, war besagte Heinkel am 28. Juni 1944 nach Rückkehr vom Englandeinsatz durch Jägerbeschuß flugunfähig geworden und über Nordfrankreich brennend abgestürzt.

Da eine noch im Bombenschacht klemmende SC-Satan explodiert war, hatte es im Grunde nur noch Fetzen gegeben. Anhand von Motorennummern war die Maschine identifiziert worden. Eine eindeutige Bestimmung der Leichen war jedoch nicht mehr möglich gewesen.

Der Bericht der 4. Luftflotte enthielt die Namen der Besatzungsmitglieder sowie ihre Erkennungsnummern.

„Schade", bedauerte Urban nach Lektüre des Materials, „daß man damals keine Blutgruppenbestimmung bei den Soldaten vornahm oder ihre Fingerabdrücke festhielt. Damit könnte man heute die Echtheit der fünf Männer in Belgien mühelos bestätigen."

„Alles schön und gut", meinte der Vizepräsident des BND, dem Urban Vortrag hielt. „Aber da gesetzmäßige Abläufe im menschlichen Körper, wie das Altern etwa, nicht zu beeinflussen sind, müßten diese Leute heute alle um die Siebzig sein. Und wie alt sind sie?"

„So alt, wie in ihren Soldbüchern steht, zwischen zwanzig und dreißig."

Der Vize lehnte sich zurück.
„Glauben Sie an Wunder, Urban?“
„Ja“, antwortete Urban und wußte selbst nicht genau, ob er log.
„Ja dann.“
Der Vize hängte schwere Seufzer an, gab sich einen Ruck und straffte sich samt seinem englischen Sakko.
„Aber verdammt und zugenäht, das sind doch Dinge der Unmöglichkeit. Selbst wenn alles Lug und Trug, Trick und Übertrick ist, wozu das Ganze? Was soll damit bezweckt werden?“
Urban hielt sich lieber an Fakten als an Hypothesen.
„In der Maschine befand sich Luftwaffeneinsatzverpflegung. Koffeinhaltige Schokolade in der Blechdose und Pervitintabletten, wie sie damals an das fliegende Personal verteilt wurden.“
„Was besagt das?“
„Die Kotproben der Besatzung enthalten nichts, was nicht auf der Speisekarte der Luftwaffe im Jahr 1944 gestanden hätte. Vor dem Einsatz nahmen sie Schinken mit Ei, dazu nicht blähendes Weißbrot zu sich. Außerdem tranken sie die übliche Milchration, die man Fliegern wegen des bleihaltigen Leuna-Benzins verabreichte.“
„Gibt es noch Angehörige?“ bohrte der Präsident weiter.
„Der Verfassungsschutz läßt nach ihnen suchen.“
Der Präsident starrte zum Fenster hinaus über die Bäume in Richtung Isartal.
„Und was tun wir? Herumstehen wie Pik sieben?“
„Die Amerikaner halten dicht.“
„Um uns später einen Strick zu drehen, wenn sie können.“

„Die kommen auch nicht weiter“, vermutete Urban.

„Um so mehr wird man von uns verlangen, daß wir weiterkommen. Hängen die CIA-Kollegen erst am Ende der Fahnenstange, dann sind wir gefordert. Dem muß man vorbeugen.“

„Auf welche Weise?“ fragte Urban.

In diesem Augenblick tauchte auf unerwartete Weise Sebastian auf.

„Wer ist hier eigentlich der Aktivagent, wir oder Sie?“

Urban lag auf der Zunge, daß er eigentlich studierter Elektroingenieur sei. Der Alte sah es ihm an.

„Ja, ich weiß, Sie sind ja nur Doktor Ing.“

„Worüber haben Sie eigentlich promoviert, Urban?“ fragte der Präsident.

Urban betrachtete die Bügelfalte seiner Gabardinehose, den Lack seiner Slipper und die Manschetten des Hemdes, die ungefähr zwei Zentimeter unter dem Sakkoärmel hervorschauten. Heute ohne schlichtes Gold, sondern zweimal geknöpft. Dann sagte er, sein angeborenes Lachen ein wenig verstärkend:

„Meine Doktorarbeit bestand in der Untersuchung des Phänomens der kürzeren Funktionsdauer des rechten Schnürsenkels im Vergleich zum linken Schnürsenkel bei Halbschuhen – und umgekehrt. Zu deutsch: Warum reißt der rechte Senkel immer früher?“

„Gott bewahre Ihnen den Humor“, sagte der Präsident. „Aber warum, bitte, reißt der rechte Senkel eigentlich immer eher?“

Vom Verfassungsschutz kam die Information, daß die Angehörigen der Heinkel-Besatzung, in diesem Fall Eltern oder Geschwister, sämtlich tot seien. Teils waren sie im Krieg bei Bombenangriffen umgekommen, teils auf natürliche Weise verstorben.

Hie und da gab es noch Nachkommen von Onkel, Tante, Vettern und Basen, Verwandte dritten und vierten Grades. Sie hatten gehört, daß einer aus der Familie im Krieg bei der Luftwaffe gefallen sei. Aber an Einzelheiten erinnerte sich niemand mehr, und keiner besaß noch irgendwelche interessanten Fotos.

Auch auf der NATO-Basis Merville in Belgien kam es zu keinem Durchbruch.

Wie der BND aus London und London auf inoffiziellen Kanälen aus Washington erfuhr, waren die fünf Besatzungsmitglieder der He-111 bis auf die Haut und hinein in die Körperhöhlen und Öffnungen untersucht worden.

Hautproben bestätigten die Verwendung von Einfachseife, wie sie im vierten Kriegsjahr an die Wehrmacht ausgegeben wurde. Nur Major Klemm hatte möglicherweise mit Luxusseife geduscht und zwar mit *Soir de Paris*, einem kosmetischen Produkt der gleichnamigen Firma.

Der Bordfunker, Unteroffizier Grabe, trug sein Haar pomadisiert. Im chemischen Labor des Waschmittelkonzerns Procter&Gamble war eine Haarprobe analysiert worden. Die Haarpomade, oder auch Haarsalbe genannt, damals vermutlich zu Stangenform gepreßt, bestand aus gehärteten Fetten mit Veilchenduft unter Zusatz der Farbe hellgrün. So lautete der Befund.

Die überraschend schlechten Zähne der Bomberbesatzung zeigte Plombierungen, die zum Teil erst vor kurzem, also innerhalb des vergangenen Jahres durchgeführt worden waren. Die Füllungen bestanden aus Amalgam, einer Legierung von Metall mit Quecksilber. Der Kampfbeobachter, Oberleutnant Seiler, trug eine goldene Krone auf dem linken Backenzahn, Unteroffizier Richter einen Stiftzahn. – Über die Zahnputzmittel ließ sich wenig aussagen. Man vermutete, daß die vor fünfundvierzig Jahren üblichen Produkte wie Zahnseife, Zahncreme, Zahnpasten und Zahnpulver verwendet wurden. Sie basierten auf gemahlener Schlämmkreide mit Zusätzen aus ätherischen Ölen, vorwiegend gewonnen aus Pfefferminze und Kamille.

Als Urban sein Büro in der Operationsabteilung verließ, versperrte Sebastians Leibesfülle – wie ein überdimensionierter Medizinball – ihm den Weg.

„Hatte eben ein Gespräch mit Babington vom MI-six. Der Lord läßt Sie grüßen. Die Amerikaner schrecken vor nichts zurück. Jetzt arbeiten sie in Merville schon mit Lügendetektoren und Wahrheitsdrogen."

„Es brennt ihnen auf den Nägeln."

„Das ist CIA-Stil. Es muß immer Antworten geben. Antworten auf alles. Möglichst schnell und möglichst einfach."

„Sie nehmen lieber eine falsche Antwort hin", sprach Urban aus Erfahrung, „als gar keine. Sie können alles ertragen, bloß keine ungelösten Probleme."

„Für die Herren Amerikaner gibt es keine ungelösten Probleme", betonte Sebastian ironisch. „Vielleicht falsche Entscheidungen, aber auch Fehler kann man immer rechtfertigen. Und sei es, indem man behauptet, man lerne daraus. Ich will Ihnen etwas verraten, Nummer achtzehn. Man lernt nie aus Fehlern, man begeht sie immer wieder. Und immer wieder dieselben."

Urban stellte fest, daß der Alte sich sehr genau eingeprägt hatte, was er – Urban – ihm letzte Woche als seine Fehlerphilosophie dargelegt hatte.

„Und das Ergebnis in Merville?"

„Die Burschen sind verdammt drogenresistent. Kein Mittel schlägt an."

„Oder sie sind mächtig linientreu. Alles Hitlerjungen Quexe."

„Gegen die Prozedur mit dem Lügendetektor sträubten sie sich erst. Sie kannten das Verfahren nicht und fürchteten, sie würden irgendwelchen Elektroschocks ausgesetzt. Man redete ihnen gut zu, stellte die üblichen Fragen mit den üblichen Detektortricks. Ergebnis: Nicht positiv."

„Wenn durchsickert, es sei nicht positiv gewesen, dann war es mit Sicherheit negativ bis unter Null", bemerkte Urban.

„Sie gehen mit ihnen um wie mit Verbrechern."

„Das nennen sie die Behandlung von Kriegsgefangenen nach der Haager Landkriegsordnung."

„Sie würden ihre Gehirne anbohren und hineinsehen, wenn ein Blick in die Köpfe dieser Männer einen Hinweis erbrächte."

„Schlimmer sind die Chinesen und die Russen auch nicht."

„Vielleicht in einem Punkt. Die Amerikaner foltern nicht."

„Noch nicht", schränkte Urban ein. „Ich meine, im mittelalterlichen Sinne. Aber eigentlich fängt Foltern mit Elektronik und Chemie schon an."

„Sie stehen unter Druck. Washington fordert Ergebnisse."

„Egal, was da läuft", fürchtete Urban. „Die Jungens sind verdammt arme Hunde."

Sebastian war auf und ab gegangen. Jetzt blieb er stehen.

„Ob man etwas für sie tun sollte?"

„Sie sind deutsche Staatsbürger“, fiel Urban dazu ein. „Egal, was sie ausgefressen haben und woher sie kommen, sie werden von einer fremden Macht unberechtigt festgehalten.“

„Sie haben England bombardiert“, warf Sebastian ein, ohne daran zu glauben.

„Es war Krieg, nach ihrer Meinung.“

„Heute ist kein Krieg mehr.“

„Dann kann man sie auch nicht wie Verbrecher einsperren. Der Bombenwurf auf die Kugellagerfabrik liegt fast fünfzig Jahre zurück. Die Sache wäre in jedem Fall verjährt.“

„Sie behaupten aber, es sei erst gestern gewesen.“

„Ja, gestern, am achtundzwanzigsten Juni 1944.“

„Ich werde noch schizophren“, gestand der Alte.

„Ich bin es längst“, sagte Urban. „Okay, den Burschen muß geholfen werden.“

„An den Amerikanern führt aber kein Weg vorbei.“

Urban lockerte seinen angeborenen Lachmuskel ein wenig.

„Man kommt schon an ihnen vorbei, man muß es nur richtig verkaufen.“

„Na schön, nehmen wir mal an, es handelt sich um Staubsauger. Wie würden Sie an der Haustür vorgehen, wenn Sie wissen, daß die Leute schon zwei Staubsauger haben?“

Urban deutete seine Pläne nur an.

„Wir erzählen den Amerikanern, wir hätten einen Weg gefunden, ihnen zu helfen. Allerdings werden wir mit keinem Wort die fünf deutschen Kriegsgefangenen erwähnen. Erst werden die Amerikaner ablehnen, dann, wenn sie weiter festsitzen, kommen sie aus irgendeiner Ecke gekrochen und interessieren sich für unsere Vorschläge. Ich werde es ihnen auftischen. Und weil sie vermutlich hungrig sind, werden sie essen, was ich ihnen auftische."

„Und worin bestehen Ihre Vorschläge?"

Urban erläuterte es dem Operationschef mit wenigen Sätzen.

Sebastian wischte den Schweiß von der Stirn.

„In Rußland, wenn wir wieder mal in einem Kessel eingeschlossen waren, keine Munition, kein Benzin für unsere Panzer und keine Verpflegung mehr hatten, der Ring um uns immer enger wurde und der Divisionsstab zusammenkam, um General Guderian Vorschläge zu unterbreiten, und der General alle Vorschläge ablehnte, um seine eigenen vorzubringen, dann begann er stets mit jenem berühmten Satz: Folgendes, meine Herren, ist auch schlecht . . ."

„Folgendes ist auch schlecht", wiederholte Urban. „Aber haben Sie etwas Besseres? – Gewiß werden die Amerikaner darauf einsteigen."

„Sie werden dazu ihre eigenen Leute nehmen."

„Das werden sie nicht, denn sie haben keinen, der die Verhältnisse beim deutschen Barras, damals wie heute, besser kennt, der besser deutsch spricht und der besser den Soldatenjargon beherrscht als icke."

Der Alte blickte von schräg unten herauf, denn Urban war gut fünfzehn Zentimeter länger als er.

„Folgendes ist auch schlecht. Woher, zum Teufel, nehmen Sie soviel Selbstvertrauen, Urban?"

„Es ist nur dreiste Unverschämtheit", erklärte Urban. „Die Juden nennen es Chuzpe."

8.

Sie hatten drei Tage bei schwerer See gefischt. Nun schlug der Nordweststurm hart zu. Obwohl der Laderaum des Tromsö-Kutters nur zur Hälfte voll war, beschlossen sie, unter Land Schutz zu suchen.

„Nur ein paar Tonnen Hering", rechnete Solvar, der Fischer, seiner Deckhand vor, „und lauter Grobzeug."

„Aber das Barometer fällt, Skipper. Radio Hammerfest gab Orkanwarnung."

„Erst das Netz rauf, dann werf den Diesel an, Olaf."

Sie zogen das Netz mit der Winde ein. Mehr als eine halbe Tonne war nicht drin, obwohl sie schon mit der kleinsten zugelassenen Maschenweite fischten.

Es blies immer stärker. Der Kutter lag auf der querlaufenden Dünung wie ein Gummiball.

Der Gehilfe von Solvar stieg in den Motorraum hinunter und machte die nötigen Griffe wie im Schlaf. Mit der linken Hand hielt er sich fest, mit der rechten pumpte er Diesel hoch, glühte kurz vor, gab Druck auf den Anlasser. – Schweigen im Walde.

Er versuchte es wieder. Nichts rührte sich.

So was kam vor. Er prüfte die Kabelschuhe an der 24-Volt-LKW-Batterie. Sie korrodierten oft. Aber sie saßen sauber fest.

Nächster Versuch, ohne daß der Anlasser ratterte.

Wütend nahm Olaf den Holzhammer und schlug auf den Anlasser. Es kam vor, daß das Ritzel klemmte. In neun von zehn Fällen nützte es was. Diese alten Perkins-Motoren hatten ihre Macken. Wenn sie liefen, dann brachten sie einen auch rund um den Äquator. Aber sie liefen nicht immer sofort.

Es gab noch ein paar andere Tricks. Doch der Anlasser machte keinen Mucks. Von Deck her schaute der Baas durch das Oberlicht.

„He, pennst du?“

„Er will nicht.“

„Sieh zu, daß er wollen wird, aber rasch! Wir hängen mitten im Strom.“

Sie hingen nicht nur im Strom, sie trieben auch in diese verdammte Winddüse, die sich zwischen Land und der Insel bildete. Wenn der Sturm auf Nord drehte, dann wehte es einem schier die Haare vom Kopf.

Olaf drehte mit der Spake an der Schwungscheibe des Motors. Vielleicht half das. Vielleicht war ein Zahn im Kranz ausgeschlagen.

Zwanzig Minuten später taumelte er erschöpft an Deck.

„Nichts geht, Baas.“

Der Fischer stieß ihn weg.

„Du warst schon in der Schule ein Idiot“, sagte Solvar. „Und ich bin ebenfalls ein Idiot, daß ich so was wie dich mit auf See nehme.“

Der Sturm brachte jetzt Regen mit, aber nur in Böen. Im Westen sah man zwischendurch die zerklüftete, steilaufragende Silhouette. Sie nannten sie die Lofotenmauer. Das waren die großen vorgelagerten Inseln.

Der Sturm setzte sie heftig auf Land zu, das zwar weit entfernt, doch mit seinen schroffen Bergen, die oft senkrecht ins Meer abfielen, und seinen Untiefen noch gefährlicher als die Inseln war.

Der Skipper stieg in den Motorraum.

Er brachte den Diesel zum Laufen – nach vier Stunden Würgerei. Sie hatten den Anlasser ausgebaut, zerlegt, gereinigt und dem Kollektor neue Schleifkohlen verpaßt.

„Dieser englische Motor ist der Idiot“, sagte Olaf, „nicht ich. Außerdem war ich in der Schule besser als du.“

„Ja, beim Singen“, sagte der Fischer.

Es war Nacht geworden und alles wilder denn je. Sie motorten auf die Küste zu. Nach Hause, nach Tromsö, schaffte der lahme Motor es nicht.

Sven Solvar war ein erfahrener Fischer. Es lag ihm im Blut. Schon sein Vater und sein Großvater waren Fischer gewesen. Mit neun Jahren bereits hatte er sich länger auf See aufgehalten als anderswo. Er kannte die Küste besser als seine Bettritze. Auch bei Nacht und Nebel.

Es gab da einen engen Fjord, den Slangjö. Er wand sich zwischen steilen Bergen tief hinein und war der beste Unterschlupf von ganz Nordnorwegen gegen Unwetter – oder gegen die Küstenwache, wenn man Schmuggelware an Bord hatte.

Das hatten sogar die deutschen Besatzer im zweiten Krieg schnell erkannt und den Slangjö-Fjord als Nothafen für ihre U-Boote ausgebaut.

*

Der Himmel war oben und die See unten. Oder auch umgekehrt. Die Gischt kam mit der Dünung. Wenn der Kutterbug in sie eintauchte, fetzte die Gischt wie ein weißer kalter Vorhang um das Ruderhaus.

Im Funk hörten sie hie und da Notrufe. Das Radiotelefon war unbrauchbar. Der Sturm hatte die Antenne aus dem Mast gerissen.

Die Küste war noch etwa dreißig Meilen entfernt. Da sie nur fünf Knoten machten, würden sie sie nicht vor Morgengrauen erreichen.

Es gab nicht die Spur einer Befeuerung, nur ein paar alte Fahrwassertonnen. Die suchten sie mit dem Handscheinwerfer, als sie den Brandungsgürtel am Riff überwunden hatten.

So tasteten sie sich weiter. Bald war es im Fjord ruhig wie auf einem Dorfweiher.

„Den Anker weg, Baas?" fragte Olaf.

„Damit uns der Ebbstrom losreißt und wieder in die Hölle schwemmt? No, Sir! Ich gehe weiter hinein. Droben am Ende gibt es eine alte Pier, dort machen wir fest und haun uns erst mal auf's Ohr."

In den letzten zwei Tagen hatte sie nicht mehr als drei Stunden geschlafen.

„Wie weit noch, Baas?"

„Paar Meilen."

Mindestens fünf Meilen kamen zusammen, bis sie das hintere Ende des Slangjö erreichten, wo das Wasser schon flach wurde.

Sie fanden den Anleger, eine Beton-Eisenkonstruktion, die vor einem halben Jahrhundert von der deutschen Kriegsmarine errichtet worden war. Mit der Backbordseite legten sie an. Rechts am Pier lag schon einer. Sie waren also nicht die einzigen, die der Sturm hereingetrieben hatte.

Kaum war der Kutter fest, fielen sie in die Kojen, ohne die nassen Klamotten und die Gummistiefel auszuziehen.

„Wie", fragte Olaf, „willst du morgen den Diesel wieder ankriegen?"

„Der Anlasser ist repariert. Jetzt hält er wieder zehn Jahre bis zum nächsten Sturm", murmelte der Skipper noch und war schon eingeschlafen.

Am Morgen schien die Sonne. Der Himmel war blau, die Wolken segelten gemütlich dahin. Der Sturm hatte sich ausgetobt.

Der andere, der auf der rechten Pierseite lag,

war noch da. Doch kein Mensch war an Deck zu sehen.

Die Fischer trauten ihren Augen nicht.

„Ein Küstenschnellboot“, vermutete Olaf.

„Mit solchen Pötten fährt unsere Marine nicht zur See“, meinte Solvar. „Und was ist das an der Brücke, bitte?“

Olaf versuchte es zu beschreiben, was er da schwarz mit hellem Rand auf der abblätternden grauen Farbe sah.

„Zwei gekreuzte dicke Balken mit weißer Umrandung.“

„Das Eiserne Kreuz.“

„Das was?“

„Wie alt bist du, Olaf?“

„So alt wie du, Baas.“

„Okay, also fast fünfzig. Damals, als die Deutschen abzogen, waren wir noch Windelpisser. Ich habe 'ne Menge Bücher gelesen, Fotos und Filme gesehen. Das da drüben ist ein deutsches Schnellboot.“

„Es wurde offenbar vergessen.“

„Dann hat es sich aber verteufelt gut gehalten. Wenn es seit fünfzig Jahre in dieser alten Dönitz-Basis liegt, dann müßte es ein Rosthaufen sein. Ist es aber nicht. Schau dir die Trossen an. Nicht nagelneu, aber kaum schamfilt. Geteerte Manilatrossen. Mal angenommen, die Deutschen hätten es beim Rückzug vergessen, dann wäre es schon hundertmal gefleddert worden.“

Das alles ging über Olafs Begriffsvermögen.

„Und was bedeutet das?“

„Es kann noch nicht lange hier liegen. Und wir sind die ersten, die es sehen.“

„Was sind das für dicke Rohre?“

„Für Torpedos.“

„Gehn wir mal rüber?“

„Und ob.“

Sie stiegen an Bord des Schnellbootes, das sie für ein deutsches hielten.

Die Maschinenwaffen waren salzverkrustet, trugen aber eine Fettschicht darunter. Vorn im Logis war niemand. In der Kombüse hingen Rohwürste. Das Kommißbrot war nur leicht angeschimmelt. Sie fanden WM-Konserven und Bier in Flaschen mit den alten Drahtschnappverschlüssen.

Olaf kam aus dem Motorraum.

„Die Batterien zeigen noch Spannung. Nicht viel, aber die Lampen glühen. Das Motoröl ist eingedickt, aber keine Sülze, eben etwas steif, weil es kalt ist.“

„Mann“, staunte der Solvar. „Wenn das kein Hammer ist.“

Sie kletterten auf die Brücke des Schnellbootes und befühlten die roten Stoffetzen der Kriegsflagge am Brückenmast.

„Karten, Schiffstagebuch, irgendwelche Papiere?“ fragte der Fischer.

„Nichts gefunden.“

Solvar kratzte sich am Kopf, setzte seine Wollmütze wieder auf.

„Mannomann!“

„Und nun?“

„Den Rest müssen wir den Behörden überlassen.“

„Warum den Behörden? Gehört das Schiff nicht uns? Ist es nicht unsere . . . wie heißt das, unsere Prise?“

In einem schmalen Schapp, offenbar die Kommandantenkammer, fanden sie eine Offiziersmütze mit schmutzigem weißen Bezug.

„Nichts wie weg hier“, sagte der Fischer plötzlich. „Das ist Sache der Polizei. Mindestens.“

„Und was wäre mehr als Polizei?“

„Die Spionageabwehr."

„Mann", sagte Olaf. „Mann, ich krieg's nicht in den Kopf."

„Kein Wunder", bemerkte der Fischer.

Da ihr Funk unklar war, versuchten sie es mit dem Gerät des Schnellbootes. Damit gelang es ihnen, die Küstenfunkstelle in Tromsö zu erreichen.

Daß das deutsche Funkgerät noch arbeitete, wunderte sie schon nicht mehr.

Tromsö wollte die Angelegenheit sofort dem Marinekommando melden.

„Bleibt zunächst mal im Fjord", riet Tromsö. „Schätze, wie es aussieht, kommen die gleich mit Hubschraubern."

9.

Der Strafbunker der US-Luftbasis Merville war zu einem Mini-Kriegsgefangenenlager ausgebaut worden. Man hatte ihn mit NATO-Messerdrahtrollen lückenlos umgeben. Es gab nur einen Zugang, und den bewachten zwei Militärpolizisten.

Am Nachmittag des 3. Juli näherte sich dem betongrauen Bunker ein Jeep. Es war besetzt mit vier Mann. Dem Fahrer, dem Sicherheitsoffizier der Basis, Capt. Smiley, einem MP-Sergeant und einem Mann in abenteuerlicher Uniform.

Der feldgraue Kampfoverall hatte seitlich am Ärmel verwaschene Vogelschwingen. Drei übereinander. Oberhalb der Brusttasche rechts war ein Adler aufgenäht, der in seinen Fängen einen Lorbeerkranz hielt, in dem sich ein Hakenkreuz befand. Der Overall besaß Knietaschen. Im Einsatz waren sie mit Munition und Verbandspäckchen, Notproviant etc. gefüllt. Jetzt hatte man sie geleert.

Dieser exotisch gekleidete Mann war kräftig, etwa einsneunzig, hatte dichtes braunes Haar, graue Augen und ein markantes Kinn. Er trug Schnürstiefel und einen Stahlhelm, der von zwei schräg zusammenlaufenden Cordriemen gehalten wurde. – Es handelte sich um einen Fallschirmjäger der ehemals großdeutschen Wehrmacht.

Der Jeep bremste, die Wachposten räumten den spanischen Reiter beiseite und gaben den Durchgang zum Bunker frei.

Der Captain, ein höflicher, in West Point ausgebildeter Offizier, wandte sich an den deutschen Fallschirmjäger.

„Und Sie wissen auch, was Sie tun, Sir?"

„Es ist meine Idee", antwortete Urban.

„Sie begeben sich möglicherweise in Todesgefahr."

„Ja, wenn ich Fehler mache."

„Dazu genügt schon einer."

„Ich werde mich hüten."

„Haben Sie sich eine Taktik zurechtgelegt, Commander?"

Urban nickte nur.

„Und Ihr Zeitplan?"

„Erst mal schweigen, dann vorsichtig anschleichen. Ich werde andeuten, der Bunker könnte versteckte Mikrofone haben. Allmählich werde ich mit meinem Plan, mit meinem Auftrag herausrücken."

„Bei dem wir Sie erwischten."

„So werde ich es darstellen."

„Wen nennen Sie als Auftraggeber, wenn man Sie danach fragt?"

„Adolf Hitler", witzelte Urban.

„Na dann, viel Glück."

„Spucken Sie mich besser nicht an, auch wenn ich jetzt als Staatsschauspieler auftrete. Es wird ein Stück, das nach der Premiere sofort abgesetzt wird."

Der Captain deutete auf den Knopf an der linken Overalltasche.

„Achten Sie auf den."

„Der Sender. Ich weiß."

Urban verließ den Jeep, stand da und musterte den Bunker. Er fühlte die Sonne auf dem Rücken.

Er überlegte, was wohl geschehen würde, bis er die Sonne wieder so warm auf dem Buckel spürte.

Der Militärpolizist beim Bunkereingang warnte ihn vor:

„Wir werden Sie jetzt ziemlich unfreundlich behandeln müssen, Colonel."

„Nur zu", sagte Urban. „Keine Hemmungen."

Sie gingen durch die Stacheldrahtgasse, durch die äußere Bunkertür und den Gang an den Gitterzellen vorbei nach links. Der Posten sperrte die innere Stahltür auf. Dann traten sie Urban in den Hintern, daß er in den Raum hineinfiel.

Der Raum hatte fünf Feldbetten. Vier davon waren belegt.

Zunächst blieb Urban stöhnend am Boden liegen. Aus seiner Nase tropfte Blut. Hühnerblut, wie man es in Hollywoodfilmen verwendete. Aber es sah täuschend echt aus.

*

Irgendwann kümmerte sich einer um Urban. Es war der Funker Grabe.

„Mich laust der Affe, ein Fallschirmjäger."

„Dienstgrad?" fragte der Major vom Bunkerfenster her, durch das nur noch wenig Licht fiel.

„Oberfeldwebel."

Sie trugen Urban zu einer Pritsche. Als sie ihn

hinlegten, wurde der blaue Streifen auf seinem rechten Unterarm sichtbar.

„Luftlandedivision Kreta“, las einer.

„Dann ist er schon 'ne Weile dabei. Er müßte Max Schmeling kennen. Der sprang auch über Kreta ab.“

„Soll sich aber beim Landen den Fuß gebrochen haben.“

„Na ja, Boxer.“

Da im Bunker das Licht noch nicht eingeschaltet war, nahmen sie einen Spiegel und reflektierten das helle Rechteck des Fensters in das Gesicht des Fallschirmjägers.

„Mindestens Ende Dreißig.“

„Also ein Zwölfender.“

Sie knüllten eine Decke unter seinen Kopf, nahmen ihm den Helm ab und versuchten, ihn mit Kaffee wachzukriegen.

Der Fallschirmjäger schlug die Augen auf und grinste.

„War nur halb so schlimm, Kameraden. Hab denen was vorgemacht.“

„Wo kommst du her?“ fragte der Major vom Sehschlitz her.

„Vom Himmel hoch“, feixte Urban.

„Damit das klar ist: Ich bin Major. Nur damit das klar ist.“

„Klar, Herr Major.“

„Also, wo kommst du her?“

Urban zögerte mit der Antwort.

„Damit habe ich im Moment Probleme. Ich weiß nur, daß wir aus einer Ju-zweiundfünfzig absprangen. Wir waren vier Mann. Starker Wind versetzte uns. Die anderen kamen vermutlich in den Wäldern auf. Ich landete am Rand des Platzes.“

„Welches Platzes?“

„Merville, oder so.“

„Los, weiter, Mann!"

„Sie sahen wohl meinen Fallschirm und rasten mit ihren offenen Autos auf mich zu."

„Sie nennen sie Jeep."

„Na schön, meinetwegen. – Ich nichts wie rein ins Gebüsch. Aber sie kamen auch von der anderen Seite und mit Hunden. Ich ballerte ein bißchen herum und zerschoß eines ihrer Autos mit der Signalpistole. Ging sofort in Flammen auf. Da hättest du dir prima die Hände dran wärmen können, Kumpel."

„Major Klemm", sagte der Major, „nicht Kumpel! Wie kamst du auf die Idee, es sei der Gegner?"

„Warum, warum? Die Gegend ist in Feindeshand. Ich wurde abgesetzt, um euch aus dem Bunker in Merville herauszuholen."

Die vier Besatzungsmitglieder des Heinkel-Bombers blickten sich verstohlen an.

„Ihr solltet uns befreien?" fuhr der Major im Verhör fort.

„So lautet der Befehl."

„Von wem?"

Urban nannte eine Fallschirmjägereinheit. Zweiter Zug, vierte Kompanie, Römisch fünf, Division Kreta. Derzeit eingesetzt bei Avranches, wo die Amerikaner mit Panzern durchgebrochen wären.

Ein Mann mit den Rangabzeichen eines Fliegerunteroffiziers reagierte kopfschüttelnd.

„Das war unnötig", äußerte er.

Urban deutete zur Decke. Dann legte er den Finger senkrecht an die Lippen, als Zeichen, daß man sie wohl belauschte.

„Offenbar war man bei der Luftflotte anderer Meinung, Kamerad."

„Die Amerikaner können uns nichts anhaben."

„Krieg ist Krieg", bemerkte Urban.

„Eben, weil Krieg ist. Wir haben ehrlich gekämpft, wir sind keine Verbrecher."

Urban wagte den ersten vorsichtigen Ansatz.

„Aber ihr könntet reden, fürchtet die Führung."

„Wir, niemals", betonte der Major. „Man hat schon alles versucht, mit Drohungen, mit Prügeln, mit Drogen, mit diesem elektrischen Gerät, mit dem sie Puls, Blutdruck und Hautfeuchtigkeit messen."

„Man wird euch so lange zusetzen, bis einer umfällt", warnte Urban.

„Wir haben alles gesagt, was wir sagen dürfen", erklärte der Obergefreite.

Urban spielte weiter den Fallschirmjäger, bat um eine Zigarette und rauchte die Camel mit Genuß.

„Mir wurde wenig erzählt über diesen Einsatz. Er wurde angeordnet. Ein Befehl und basta."

Nun wandte der Major sich um und trat vor ihn hin.

„Von wem angeordnet?"

„Sagte ich doch schon."

„Das ist Unsinn, Mann! Also, von wem kam der unmittelbare Befehl?"

„Vorsicht, Feind hört mit."

Urban fühlte sich von den Kameraden fixiert.

„Wer gab den Befehl?"

„Dumme Frage, schätze ich."

„Von wem kam er?"

„Und wenn wir hier abgehört werden, Herr Major?" entgegnete Urban jetzt laut.

„Von wem kam der Befehl?"

Urban bemühte sich um eine so einfache Antwort wie möglich.

„Vom Oberkommando, Herr Major."

Der Major wandte sich an seine Männer und sprach das Urteil.

„Er lügt. Er ist ein Spion.“

„Sehe ich so aus?“ protestierte Urban.

„Spione sehen nie so aus.“

„Ihr seid wohl alle bescheuert“, fuhr Urban hoch, so als wäre er zutiefst entrüstet. „Da riskiert man seine Knochen und . . .“

„Und?“ fragte der Major.

Sie packten ihn, rissen ihm die Arme nach hinten und fesselten ihn mit irgend etwas.

*

Urban lag da.

Die vier aus der Heinkel standen in der Ecke, steckten die Köpfe zusammen und kochten irgend etwas aus.

Sie gingen auseinander, doch der Major rief sie noch einmal zusammen. Sie nickten. Einer holte unter seinem Feldbett etwas hervor. Es sah aus wie ein selbstgebasteltes Messer aus Büchsenblech.

Nun bauten sie sich um Urban herum auf.

Der, den sie Lutz nannten, war Obergefreiter und, wie Urban wußte, der Bordschütze. Er hielt Urban die scharfe Blechklinge gegen den Kehlkopf.

„Mach's Maul auf! Du bist ein amerikanischer Spitzel.“

Der Mechaniker-Unteroffizier ballte die Faust und schlug zu. Er zog sie an Urbans Kinn vorbei, als wischte er eben mal darüber. Aber er hatte eisenharte Knöchel.

„Du weißt“, sagte der Major, „daß dein Einsatz unmöglich ist.“

„Keine Ahnung, was man damit bezwecken wollte“, versuchte Urban zu erwidern.

Wieder schlug der kräftige Unteroffizier zu.

Der Major befahl:

„Zieht ihn aus!“

Urban wehrte sich.

Zwei warfen sich auf ihn. Einer setzte sich auf seine Füße, der andere preßte ihm den Hals gegen das Feldbett. Der Funker riß den Mittelreißverschluß der Kombi auf.

Wie bei Fallschirmjägern üblich, trug Urban unter der schweren Kampfkombi nur Unterwäsche. Wehrmachtsunterwäsche aus einem uralten Depot. Wußte der Teufel, wo sie das Zeug in der Eile aufgetrieben hatten.

„Wie der stinkt.“

„Sein Unterzeug muß mal wieder geteert werden, da kommt schon das Weiße durch.“

„Die Erkennungsmarke!“ forderte der Major und schnippte nervös mit den Fingern.

Sie rissen sie ihm an der Schnur vom Hals.

Der Major las die Nummer und fragte sie Urban ab.

Der rasselte sie herunter wie jeder Soldat, der als erstes seine Erkennungsnummer zu lernen hatte.

„Sucht weiter!“

Sie zogen ihm das Unterhemd hoch und die Hose über den Nabel herunter. Sie suchten an bestimmten Stellen.

„Nichts.“

„Sucht weiter!“

Sie drehten ihn um, machten seinen Rücken bis zum Hintern frei.

„Nichts!“

„Dann hat er es auch nicht.“

„Moment noch. – Hier, nein, das ist was anderes. Eine Pigmentstörung. Aber Narben hat er, wie ein alter Landsknecht.“

„Durchschüsse, Verbrennungen, Operationsnarben“, zählte der Funker auf. „Sieht echt aus.“

„Er kann gar nicht echt sein“, entgegnete der

Major. „Ich weiß es, ihr wißt es, und er weiß es auch."

„Nein, er hat es nicht", beharrte der Bordschütze jetzt endgültig. „Was nun?"

„Schlagt ihm die Zähne ein, dann wird er es mit ihnen ausspucken."

„Umbringen sollte man ihn."

„Dann ist das Mord. Dann stehen wir nicht mehr unter Kriegsrecht. Darauf warten die Amerikaner doch."

Der mit den Riesenfäusten begann, Urban zu malträtieren. Erst einen Schlag in die Magengrube, dann Hiebe, daß der Kopf wie ein Punchingball hin und her ging.

Als sie seinen Fuß um hundertachtzig Grad nach hinten drehten, zog Urban die Notbremse. Er winkelte die Knie an und trat dem Unteroffizier gegen den Oberkörper, daß er einen halben Salto vollführte und gegen die Bunkerwand krachte.

Im Augenwinkel sah Urban, daß der Bordfunker sich mit einem der Knöpfe befaßte. Offenbar kam er ihm zu groß, zu dick und nicht serienmäßig vor. Es war der Knopf mit dem Minisender.

Urban richtet sich auf und versetzte ihm mit der Schulter einen Body-check, daß er zu Boden ging.

Da spürte er das Messer an der Kehle.

„Noch einen Versuch", drohte der dritte Mann aus der Heinkel, „und ich stech dich ab. Dann ist es Notwehr gewesen."

„Wer -", fragte der Major noch einmal und betonte jedes Wort, „bist - du?"

Urban hatte das Gefühl, daß er von jetzt an nur noch wenig erreichte und daß die Sache böse ausging. Er trat dem Major in den Bauch und fing zu brüllen an.

Alle vier stürzten sich auf ihn und begannen, ihn fertigzumachen.

In letzter Sekunde, bevor es bei Urban zu irreparablen Schäden kam, dröhnten im Bunkergang Stiefelschritte. Der Schlüssel sperrte. Die Zellentür schwang auf. Militärpolizei stürzte herein und versuchte, das Knäuel auseinanderzubringen.

Da es nicht gelang, feuerte einer einen Warnschuß gegen die Decke. – Das brachte die Heinkel-Männer endlich zur Vernunft.

Der MP-Sergeant deutete auf Urban.

„Nehmt ihn mit!“

„Er hat angefangen“, verteidigten die vier sich.

„Nehmt ihn mit. Er kriegt eine Einzelzelle. Wer angefangen hat, das wird sich herausstellen, Gentlemen.“

Die Amerikaner führten Urban hinaus. Dabei mußten sie ihn stützen.

Pro forma schlossen sie eine andere Zelle auf, brüllten herum und schlugen die Tür heftig zu. Draußen setzen sie Urban in den Jeep und fuhren weg.

„War es schlimm?“ fragte Captain Smiley im Lazarett, wo sie Urbans Blutergüsse behandelten.

„Schätze, Sie haben alles mitgehört.“

„Wir arbeiten noch an der Übersetzung. Was wir haben, sind nur Worte. Schmerzen sind durch Funk nicht zu übertragen.“

„Es läßt sich aushalten“, äußerte Urban. „Aber es ging total in die Hosen. Andersherum wäre mir wohler.“

„Was nun?“ fragte der Amerikaner, der von Urban wußte, daß er einer der ganz Großen im Geheimdienst war.

„Eine Zigarette und einen Bourbon“, bat Urban.

10.

Auf dem Flug von Brüssel nach Oslo saß ein Mann vom Bundesamt für Verfassungsschutz neben Urban im LH-Airbus.

„Wir dachten uns“, sagte der Beamte, „da Sie dringend in Norwegen erwartet werden, wollen wir Ihnen den Umweg über Köln ersparen.“

„Nett von euch.“

Urban brauchte einen Drink, denn er hatte noch Schmerzen am Kinn und am Unterkiefer links.

„Mir auch einen“, bat der Verfassungsschützer den Steward. „Lassen Sie am besten gleich die Flasche da.“

Er goß sich laufend nach.

„Nur zur Betäubung“, erklärte der Mann aus Köln. „Ich trinke immer auf dem Weg nach Hamburg.“

„Weil es nichts kostet in der ersten Klasse.“

„Nein, aus Angst. Ich habe Angst vor Regen, Wind und Erkältung.“

„Warum fliegen Sie dann nach Hamburg?“

„Weil ich gern trinke“, gestand der Verfassungsschützer. Offenbar nahm der Whisky ihm die Angst und löste auch die Zunge gehörig.

„Die Freunde aus Amerika kommen nicht weiter und beginnen uns langsam zu nerven.“

„Die Karre sitzt fest. Allein kriegen sie sie nicht flott. Was haben Sie ausgegraben?“

Der Beamte öffnete seine Mappe und nahm ein Foto heraus. Gruppenbild mit Propeller.

Dazu erklärte er:

„Der alte General, der in München die Heinkel identifizierte, kennt noch einen anderen alten General, der mal das Geschwader, zu dem die Heinkel in Merville gehört, kommandierte. Aber der alte Herr ist leider verstorben.“

„Haben Sie das Foto geklaut?“

„Nicht ihm, sondern seiner Witwe. Sie ist achtzig und so taub und kurzsichtig, daß sie es nicht merkte. Aber hirnmäßig, also ich meine erinnerungsmäßig, ist sie noch vollstens da. Schätze, der alte Herr General hat sie seit Kriegsende mit nichts anderem belästigt, als mit seinen Landsergeschichten und Stories vom Lagerfeuer. Er hatte jeden Orden, Ritterkreuz, Eichenlaub und Preiselbeeren, Schränke mit Fotoalben, Kästen voller Dias, sogar einen Sechzehn-Millimeter-Film. – Da ich die Namen hatte, sortierte ich die Fotos nach der Beschriftung aus. Der General hatte sie mit feinsäuberlicher deutscher Sütterlinschrift versehen, katalogisiert, archiviert, rubrifiziert. In der Vermißtenliste sind übrigens die Maschine und die Besatzung vermerkt. Datum: 28.6.1944. – Das Foto hier zeigt die Offiziere der Gruppe zwei-KG-vier. Aufgenommen Anfang Juni vierundvierzig, also vor dem rätselhaften Kasus knacktus. Erkennen Sie einen davon?“

Es war eine Supervergrößerung, schon bis nahe an die Korngrenze. Urban brauchte keine Lupe. Er deutete auf den Mann in der Mitte und einen anderen am Rande der Gruppe von Offizieren.

„Das ist Major Klemm.“

„Einwandfrei.“

„Und der zweite?“

„Ist Oberleutnant Seiler, der Navigator. Er wurde aus Tapferkeit und nach fünfhundert Feindflügen vom Oberfeldwebel zum Offizier befördert. Zwar liegt er im Basislazarett in Merville, und ich sah ihn nur kurz, aber er ist es wohl.“

„Diesen Major Klemm sahen Sie länger?“

„Einmal bei den Verhören, dann bei meinem Besuch in der Bunkerzelle. Wir standen uns gegenüber. Auge in Auge.“

„Damit wäre das abgehakt", entschied der Mann aus Köln.

„Und was nützt es?"

„Keine Ahnung. Ein halber Beweis."

„Ein halber Beweis ist kein ganzer", meinte Urban, „und vertieft im Grunde nur unsere Ratlosigkeit über dieses Rätsel. Wir können nicht ständig davon ausgehen, daß die Maschine seit sechsundvierzig Jahren auf Wolke siebzehn parkte."

„Und jetzt noch diese Norwegenkiste", ergänzte der Mann aus Köln.

„Ich kenne nur das Fernschreiben, das mich nach Oslo ruft."

Der Verfassungsschützer berichtete, was durchgesickert war.

„Ein deutsches Schnellboot lag am Polarkreis in einem einsamen Fjord. Fischer fanden es."

„Ob es das Objekt ist, das den Kanadiern und den Engländern entwischte?"

Davon hatte der Mann aus Köln nie etwas gehört. Es war nur den Spitzen der NATO-Geheimdienste bekannt geworden.

„Jedenfalls haben sie das Boot nach Oslo gebracht."

„So rasch?"

„Offenbar."

„Wann hat man es gefunden?"

„Vor zwei Tagen. Hätte mich auch gewundert. So schnell schafft die Strecke nicht mal ein Rennboot. Das sind doch mindestens . . ."

„Zweitausend Kilometer an der Küste außen herum", schätzte Urban. „Nicht zu machen mit fünfzig Jahre alten Motoren. Ich nehme an, man brachte es mit einem Kranhubschrauber nach Süden."

„Gibt es so starke Dinger?"

„Die Kranvariante des Sikorsky-Stallion trägt

fünfzehn Tonnen. Damit hebt er ein Schnellboot locker aus dem Bach und trägt es übers Gebirge. Wenn man es vorher ein wenig erleichtert."

„Die geben sich große Mühe."

„In einem unwirtlichen Fjord hoch oben im Norden lassen sich die nötigen Untersuchungen nicht mit der nötigen Sorgfalt durchführen", vermutete Urban. „Bis man die Fachleute und Geräte dahin bringt, holt man das Objekt auch in die Marinewerft in Oslo."

„Na dann viel Vergnügen", wünschte der Verfassungsschützer. „Was mich betrifft, ich steige in Hamburg aus, ehe in dem Flieger Mangelerscheinungen an Whisky auftreten."

*

Wie ein Ding aus einer anderen Welt wurde das deutsche Schnellboot bewacht.

Es lag im kleinen Trockendock der Marinewerft draußen am Sörengkai.

Die Sonne stand hoch und leuchtete wie eine Scheinwerferbatterie in den feuchten Dockkasten, wo das Torpedoschnellboot mit dem Kiel auf dicken Holzbohlen lag. Seitlich wurde es von hydraulisch ausfahrbaren stählernen Stempeln gestützt. Vom Dockrand führte eine Gangway schräg abwärts zum Bootsdeck.

Dort sah Urban Marineoffiziere, Werftingenieure und andere Spezialisten bei der Arbeit.

„Hundert Mann", sagte Urban. „Das dürfte genügen, um alle wichtigen Details zu erfassen."

„Oder zu zertrampeln", höhnte sein Kollege vom norwegischen Geheimdienst. „Aber offiziell ist das Sache der Küstenabwehr. Sie liegt im Kommandobereich der Marine, und wir sind hier nur geduldet."

„Bis sie den Kadaver ausgeschlachtet haben und zum Abwracken schleppen."

„Es sei denn, ein Museum interessiert sich dafür."

Immerhin ließ sich der Chefingenieur, ein Offizier im Kapitänsrang, herab, sie zu unterrichten.

„Noch sind wir am Zerlegen", sagte er. „Aber wie es aussieht, wurde das Boot erst vor kurzem über See in norwegische Gewässer gebracht. Alles ist noch in Funktion. Nicht eben top, aber betriebsfähig. Motoren, Navigationsanlagen, Funk, Ruder, alles okay. Auch die Kombüse, der Ofen und der Kühlschrank, ein alter Bosch. In den Rohren stecken zwei C-fünf-Torpedos mit kombinierter Pistole für Geräusch- und Magnetzündung. Die Torpedos kann man vergessen. Komplizierte Feinmechanik leidet rasch. Wir sind aber noch nicht ganz fertig mit der Untersuchung. Sonst noch Fragen?"

Urban hatte gerade Luft geholt, da wollte sich der Chefingenieur schon verabschieden.

„Kraftstoff?" fragte Urban.

„Diesel, extrem schwefelhaltig, eben wie aus Kohle hydriert. Leunaware."

„Öl?"

„Austauschbedürftig. Schon kohlschwarz."

„Batterien?"

„Uralte Blei-Hartgummidinger der Marke Varta. Die Gitter innen sind kaputtgefressen, dicker Bodensatz. Ladung so gut wie nicht mehr vorhanden."

„Trinkwasser?"

„Weniger quellfrisch als mit Amöben durchsetzt."

„Wo stammt es her?"

Der Norweger grinste.

„Von überall. Aus Kanada, Grönland oder von

einer aufgetauten Eisscholle aus dem Nordmeer. Abwassertanks hat so ein Boot nicht. Sie pumpen alles in die See."

„Gab es Reste in den Pumpen?"

„Ja, auf der Toilette. Eine Mischung aus Zeitungspapier und menschlichen Exkrementen. Wenig appetitanregend."

Urban wollte es genau wissen.

„Was für Zeitungen?"

„Stürmer und Völkischer Beobachter. Die Jahreszahl neunzehnhundertvierundvierzig ließ sich noch erkennen. Sonst alles Papiermatsch mit Scheiße."

„Und die Exkremente?"

„Kommißbrot, Margarine, Hartwurst."

„Feinkostware", kommentierte Urbans Kollege.

Je länger sie redeten, desto mehr erfuhr Urban, aber man konnte nicht sagen, daß sich dadurch das Rätsel über die Herkunft des Bootes löste. – Gab es einen Zusammenhang mit dem Bomber in Merville?

„Was meinen Sie?" fragte Urban den Geheimdienstkollegen.

„Aller guten Dinge sind drei."

„Der schlechten auch. Sie nehmen also an, es kommt noch etwas auf uns zu."

„Es gibt drei Waffengattungen", der Norweger zählte mit den Fingern. „Armee, Flotte, Fliegerei. Land, Wasser und Luft. Land fehlt noch. Wer weiß."

Der Chefingenieur drückte die Hoffnung aus, daß er die Fragen der Herren vom Geheimdienst nun beantwortet habe.

Urban gab zurück:

„Wenn Sie mich noch ein bißchen auf dem Boot herumschnuppern lassen, dann ist es in der Tat so."

„Tun Sie sich keinen Zwang an“, sagte der Captain. „Aber nichts mitgehen lassen. Zigaretten, Präservative und so.“

„Ich zeig es Ihnen vorher“, versprach Urban.

*

Der wikingerbärtige Norweger wich Urban nicht von der Seite. Wenn es nötig war, und hier war es nötig, war er der gleiche Korinthenkacker wie sein deutscher Kollege.

Im Mannschaftslogis pulte er unter dem Linoleum nach jedem Streichholz und jeder Kippe. – Er fand eine und einen gelben Fetzen Papier.

„Deutsche Zündholz-Union“, buchstabierte er. Und an der Kippe: „Salem Nummer sechs.“

Urban war ziemlich ratlos. Wenn das alles getürkt war, dann gaben sich diese Leute redlich Mühe. – Aber was, zum Teufel, wollten sie damit bewirken? War alles vielleicht sogar echt? – Du spinnst, sagte er zu sich.

„Haben Sie was gesagt?“ fragte der Norweger. Er hing halb in einer der unteren Kojen.

„Matratze Kopak!“ rief er. »Schwimmweste, nein Tauchretter Marke Dräger.“

Er bückte sich noch tiefer hinein und fummelte etwas aus der Ritze, wo die inneren Kojenbretter die Bordwand berührten und wo immer etwas hineinrutschte.

Er zupfte daran.

„Ein Stück Papier.“

„Vorsicht“, riet Urban.

Die Ecke riß ab. Die vergilbte Ecke eines Fotos.

Der Norweger ließ nun Urban heran. Der hebelte das Brett mit dem Messer ein Stück von der Stahlwand und hatte das Foto.

Es zeigte ein Mädchen unter Zwanzig. Das

blonde Haar war zu einem Zopf geflochten, der oben um den Kopf gewunden war. Sie trug weiße Bluse mit einem schwarzen Dreiecktuch, gehalten durch einen Lederknoten. Dazu eine helle Jacke mit Lederknöpfen.

Urban hielt das für eine BDM-Uniform – BDM hieß Bund deutscher Mädchen.

Hinten auf dem Foto stand mit verwaschener Tintenschrift: *Für meinen kleinen Seemann. Deine Liebe muß jetzt das Meer sein. – Eva B., Hamburg Blankenese. Im Wonnemonat Mai 1944.*

„Schön wie eine Königin aus den nordischen Heldensagen“, schwärmte der Norweger.

„Mich erinnert sie an Gretel aus Hänsel und Gretel.“

Der Norweger grinste.

„Was ist Hänsel, bitte?“ fragte er.

Urban beantwortete diese Frage nicht, dafür antwortete der Norweger auf Urbans Frage, ob er das Foto behalten dürfe, mit einem klaren Nein.

„Und warum nicht? Glauben Sie, daß es für die Identifizierung des Schnellbootes von Bedeutung ist?“

Der Norweger schüttelte den Kopf und faßte sich an die Stirn.

„Es ist verrückt. Das Boot lag herrenlos in einem norwegischen Hafen. Also haben wir die Verwahrungspflicht. Außerdem scheint es ehemaliges deutsches Kriegsgut zu sein. Waffen des dritten Reiches fallen nicht automatisch an den Rechtsnachfolger zurück. Das Foto gehört zu dem Boot, wie der Anker oder das Spill. Nichts darf entwendet werden.“

„Nicht mal der Abfall.“

„Nicht mal der“, ergänzte der Norweger. „Es ist zwar idiotisch, aber so lauten nun mal die Vorschriften.“

Sie suchten weiter. In der Schublade unter der Koje des Kommandanten fanden sie noch etwas Unglaubliches, nämlich Goldstaub.

„Goldstaub?“ zweifelte Urban. „Doch wohl mehr Goldbronze.“

„Oder Goldabrieb, wie von einem sehr weichen Feingoldbarren. Aber was, bitte, hat Gold auf einem Schnellboot zu suchen?“

Sie fanden auch darauf keine Antwort und verließen das Boot.

Drüben am Dockrand fragte der Norweger:

„Wie sehen Ihre nächsten Schritte aus, Oberst?“

„Geheim“, bedauerte Urban.

„Spielen Sie bloß nicht den Beleidigten.“

„So sind nun mal die Vorschriften“, konterte Urban. „Aber ich pflege sie meist zu mißachten. Ich fahre nach Hamburg und suche Eva B.“

„Die ist mindestens siebzig.“

„Dann suche ich ihr Grab“, beharrte Urban.

Sie gingen essen. Es gab Fisch. Vorher, in der Mitte und nachher.

Der Norweger brachte ihn zur Abendmaschine.

Nach dem Start fragte die Stewardeß, während sie den Imbiß servierte:

„Darf es etwas mit Fisch sein?“

„Ein Sandwich“, bat Urban.

„Mit Kaviar?“

„Ohne Kaviar.“

„Kaviar ist ausgegangen. Darf es auch ohne Lachs sein?“

Entweder sie war von Natur aus witzig, oder sie hatte den Film *Ninotschka* mit Greta Garbo gesehen, und das mindestens zehnmal.

Urban bekam eine trockene Semmel. Sie war das Gegenteil vom Hintern der Stewardeß, den er als knusprig bezeichnet hätte.

11.

Wie auch immer, jedenfalls war es gelungen, den Großcontainer aus dem Freihafen-Gelände des Terminals in Le Havre auf Frankreichs Straßen zu bringen.

Ein Tieflader mit zwölf hartgummibereiften Achsen hinter einer Renault-Zugmaschine hatte ihn in der Nacht nach Paris gefahren. Dies mit Tempo sechzig. Mehr war bei solchen Superschwertransporten nicht zulässig.

Der Fahrer vermied die Autobahn. Aber die Chausseen an der Seine entlang waren von Napoleon als Militärstraßen gebaut worden und von beachtlicher Breite und Geradheit. So schaffte der Fahrer die 135 Kilometer nach Paris in drei Stunden, genau zwischen 23.00 und 2.00 Uhr morgens, an einem Dienstag im Juli.

Am Stadtrand von Paris wurde das Ungetüm von Schwercontainer in einer Lagerhalle versteckt. Dort blieb er für vierundzwanzig Stunden.

In der Nacht darauf kam die Renault-Zugmaschine wieder und schleppte den Tieflader stadteinwärts bis zum Seine-Quai. Dort war ein mittleres von drei Bürgerhäusern im Winter abgebrannt. Man hatte die Ruine niedergerissen, um ein modernes Appartementhaus mit Luxuswohnungen zu errichten. Mit dem Bau sollte demnächst begonnen werden.

Auf diesem eingeebneten Stück teuersten Pariser Bodens wurde der Container abgesetzt.

Dort blieb er weitere zwanzig Stunden stehen.

Der Container wurde kaum beachtet. Die Polizeistreifen hielten ihn für einen jener transportablen Kästen, die Baustellenbüros, Aufenthaltsräume und Toiletten für die Bauarbeiter enthielten.

In der dritten Nacht seit dem Verschwinden des Containers aus Le Havre ereigneten sich seltsame Dinge.

Gegen 3.00 Uhr, jener Stunde, wo sogar Paris schlief, wo kaum Autos fuhren und auch der Frühverkehr noch nicht eingesetzt hatte, wo sogar die Helligkeit der Straßenbeleuchtung durch Sparschaltung reduziert wurde (diese Maßnahme senkte die Stromrechnung des Stadthaushaltes um sage und schreibe 28 Millionen Francs), wurde es auf dem Grundstück lebendig.

Die rostrote Vorderseite des Containers bewegte sich. Die Stahlwand, eine Klapptür von zwanzig Quadratmetern Fläche, kippte ihr Tonnengewicht auf gutgeschmierten Angeln nach außen. War der Spalt erst zentimeterbreit, so wuchs er ständig. Aus dem Inneren war nur das Geräusch der Winde, von der Stahlseile abliefen, zu hören.

Zugbrückenartig bewegte die Containerfront sich nach unten. Wenige Minuten später lag sie am Boden auf, wo sie eine Art Rampe bildete.

Drinnen im Container stank es nach Benzin und Gummi.

Manchmal, wenn ein Automobil die Avenue New York entlangfuhr und das Schlaglicht in den Container fiel, konnte man ein Rechteck aus Stahl darin sehen und darüber ein trapezförmiges Gebilde.

Im Container bewegte sich etwas, ohne daß es genau zu definieren war. Ein gedämpftes Quietschen wie das einer Ofentür war zu hören, dann ein Tappen, ein Schleifen, als würde sich jemand durch eine Engstelle winden. Bumm! – als ob etwas zugefallen wäre. Ein Riegel knirschte. – Danach minutenlange Stille.

Plötzlich begann etwas zu summen. Lauter als ein Ventilator, aber leiser als eine Kaffeemühle.

Das Summen hörte schlagartig auf. Wieder Stille.

Von Notre-Dame schlug es dreimal.

Plötzlich war die Hölle los.

Ein schwerer Anlasser rasselte. Ein Motor sprang an. Erst unregelmäßig. Nahezu ungedämpft drangen die Abgase nach draußen. Dem donnernden Lärm nach entwichen sie den zwölf Zylindern einer 800 PS-Maschine.

Der Motor wurde durch heftiges Gasgeben rasch auf Betriebswärme gebracht.

Metallisches Kreischen verriet, daß Zahnräder in einem Getriebe geschaltet wurden. Das Ungetüm ruckte nach vorn, blieb stehen, ruckte ein wenig nach links, nach rechts, dann rollte es, unter stählernem Geklapper, aus dem Container über die Rampe ins Freie.

Zunächst bewegte es sich ohne Licht von der Baulücke auf die Straße. Dort drehte es auf dem Teller nach links und bewegte sich rasselnd, scheppernd, aber kraftvoll und zügig den Cours la Reine entlang, am Petit Palais vorbei in Richtung Place de la Concorde.

*

Der deutsche Jagdpanzer vom Typ Panther fuhr jetzt mit kampfmäßig abgeblendeten Scheinwerfern.

Das nahezu sechs Meter lange Kanonenrohr mit der breiten Mündungsbremse vorn wiegte sich im Rhythmus des Einfederns. Die Antennen hinter dem Turm schwankten, der 800-PS-Motor verbreitete eine deutlich sichtbare Abgaswolke.

Oben an der Place de la Concorde wurde der 45-Tonnen-Koloß in eine andere Fahrtrichtung gerissen und rollte nun die Avenue des Champs-Élysées hinunter. Dabei blieb er in Straßenmitte.

Der Jagdpanther, von Kennern als das beste deutsche Panzerfahrzeug des zweiten Weltkrieges bezeichnet, trug Tarnanstrich und seitlich vorne am Turm das Balkenkreuz.

Als er die baumbestandenen Grünstreifen der Champs-Élysées erreicht hatte, betrug seine Geschwindigkeit etwa fünfundfünfzig Stundenkilometer.

Zu diesem Zeitpunkt war der Arc de Triomphe noch 1600 Meter entfernt.

*

Ein Taxifahrer, der mit seinem R25 einen späten Partybummler nach Hause fuhr, sah den deutschen Panzer als erster.

Er verringerte abrupt sein Tempo. Dadurch erwachte sein Passagier aus sanftem Dösen. Beide starrten ungläubig durch die Frontscheibe, als der schwere Panzer an der Kreuzung zur Avenue Montaigne vorüberrasselte.

„Offenbar", sagte der Fahrgast, „ist demnächst Truppen-Parade. Die üben jetzt schon dafür."

„Ist keiner von unseren, Monsieur."

„Ein Amerikaner?"

„Nein, auch kein Russe."

„Gibt's doch nicht."

„Er hat am Turm das Eiserne Kreuz, Monsieur."

Der Passagier lehnte sich beruhigt zurück.

„Auf Einfälle kommen diese Werbeleute. Gewiß fährt er Reklame für bayrisches Bier."

„Oder für Filmaufnahmen, Monsieur. – Ich sehe bloß keine Kamera."

Der Passagier stieß den Fahrer gegen den Arm.

„Los, fahren Sie mal hinterher."

Der Taxifahrer wartete, bis der Panzer vorbei war und folgte ihm mit respektvollem Abstand. Sei es, um den Filmkameras das Bild nicht kaputtzumachen, oder auch, weil er ein wenig Angst hatte.

Der Panzer hielt sturen Kurs auf den Triumphbogen.

„Ich nehme an“, sagte der Fahrer, „die Kameras stehen weiter draußen und lassen ihn langsam ins Bild laufen.“

Hustend stellte der Fahrer die Lüftung ab, denn der Panzermotor qualmte fürchterlich.

Über die Silhouette des Panzers hinweg konnten sie schon den Triumphbogen erkennen. Die Perspektive veränderte sich. Etwa zweihundert Meter vor dem berühmten Bauwerk paßte der Panzer optisch verkürzt genau in den Bogen hinein.

Doch mit einemmal stoppte er. Mit laufendem Motor hob er das Rohr seiner Kanone an.

„Was hat er vor?“

„Er ballert auf den Arc de Triomphe mit seiner Kanone. Natürlich nur mit Platzpatronen.“

„Warum ist denn nirgendwo abgesperrt? Sonst kommt man nicht mal durch die Polizeikontrollen, wenn ein Kaffernhäuptling im Elysée-Palast auch nur einen ziehen läßt.“

Der Fahrer schlug vor, durch die Rue Balzac in die Avenue Friedland abzubiegen.

„Nein, warten Sie noch.“

„Auf was, Monsieur?“

Im selben Moment krachte es. Die Panzerkanone feuerte. Der Schuß ging hinaus, ohne etwas zu bewirken.

„Übungsmunition, Monsieur“, sagte der Fahrer fachmännisch. „Ich kenne mich aus. War bei den Vierten Jägern. Haubitzen-Kompanie.“

Die Panzerkanone senkte sich ein wenig. Schon fiel der zweite Schuß. Gleichzeitig gab es einen scheppernden Knall. Treffer! Aufschlag! – Mit einer Wolke aus Steinstaub wurden oben von der Marmorkante des Triumphbogens mehrere Platten herausgerissen und weggefetzt.

Der Staub verwehte. Man sah ein Loch.

„Merde“, fluchte der Taxifahrer, „wußte gar nicht, daß unter dem Marmor Ziegelsteine sind.“

„Nichts wie zur Polizei!“ schrie der Passagier. „Die versäumen sonst noch den Höhepunkt.“

Wie es aussah, setzte der Panzer mit seiner 8,8-Zentimeter-Kanone das Zerstörungswerk nicht fort.

Er rollte wieder an und blieb genau zwischen den Säulen unter der Rundung des Triumphbogens stehen.

*

Dort fand die Pariser Polizei, verstärkt durch Alarmeinheiten der Armee, den alten deutschen Panther.

Es war genau 4.00 Uhr am Morgen eines Tages, der warm und sonnig zu werden versprach, als der ganze Bereich um den Arc de Triomphe abgesperrt wurde.

Vorsichtig näherten sich Soldaten in beschußfesten Kampfanzügen, mit Gesichtsmasken und Helmen, hinter Plastikschilden dem Panther.

Hinten, wo der Motor war, tropften Öl und Wasser aus einer Ritze der Bodenwanne. Von den Ketten waren Stücke ausgebrochen. Die Klappe am Turmeinstieg stand offen.

Der Jagdpanzer, der normalerweise fünf Mann Besatzung hatte, war leer.

Zögernd ließ sich ein Mutiger hineingleiten, nachdem sie das Gefährt zuerst ausgeleuchtet hatten.

Über Sprechfunk gab der erste Mann im Panzer seinen Lagebericht.

„Kühlwasseranzeige fünfundsechzig Grad. Tank fast leer. Batteriekontrolle zeigt Ladung. Noch vierzehn Granaten Kaliber acht-komma-acht Pak. Aufschlagzünder. Und zwei Kästen MG-Munition, gegurtet. Auf dem Getriebevorwählhebel neben dem Fahrersitz liegt eine Feldmütze, schwarz mit silberner Paspelierung. Vielleicht eine Offiziersmütze. Im Ascher zwei ausgedrückte Zigaretten, Marke Juno, halb geraucht, ohne Filter. An der Seite eine Art Kochgeschirr. Darin, hm . . . kann sich um Erbsensuppe mit Speck handeln. Daneben ein Klappbesteck, so ein Ding mit Löffel, Gabel und Messer in einem."

„Nichts berühren! Machen Sie erst Fotos", wurde von außen durchgegeben.

Sie ließen durch das Turmluk eine Kamera herunter.

Die französischen Behörden, mittlerweile ergänzt durch die Sûreté und den SDECE, verhüllten den Panzer mit einer Plane und untersuchten ihn zunächst grob. Dann wurde er ins Fahrzeugdepot der 6. Mot.-Inf.-Kaserne geschleppt. Dort begannen die Detailuntersuchungen.

Eine ähnliche Prozedur wie in Merville und in Oslo.

Man versuchte, den Vorfall geheimzuhalten. Aber die Presse hatte Wind davon bekommen. Nun versuchte die Presseabteilung des Verteidigungsministers die Sache als Übung darzustellen.

Das gelang nur kurz. Die Reporter waren hellhörig geworden und stellten Verbindungen mit anderen Gerüchten aus Belgien und Skandinavien her.

Bei den Regierungen der europäischen Staaten, ebenso beim NATO-Oberkommando, war man nach wie vor ratlos, was mit diesen Aktionen bewirkt werden sollte. Zweifellos mußte eine Organisation dahinterstehen, denn ein Einzelner konnte kein Flugzeug, kein Schnellboot und auch keinen fünfzig Tonnen schweren Jagdpanzer bewegen.

„Es sei denn", meinte einer der Verantwortlichen in Paris, „wir müssen in völlig neuen Kategorien denken. Die Zeitachse kann sich verschoben haben. Wir wurden um fünfzig Jahre zurückkatapultiert und merkten es nur noch nicht."

„Und Zukunftsromane sind die einzige Wahrheit", setzte ein Spötter hinzu. „Und was wir für die Wirklichkeit halten, ist ein Roman."

Stündlich warteten die Regierungen auf das Eintreffen irgendeiner Nachricht, eines Bekennerbriefes, einer Forderung. Und sei es von den Sternen.

Aber es kam nichts.

12.

Der Taxifahrer fuhr vom Hamburger Flugplatz auf der Stadtautobahn bis Altona, verließ sie dort und hielt sich elbabwärts in Richtung Blankenese.

Urban las die Straßennamen.

„Flottbecker Chaussee", rief Urban. „Dort, links."

„Ich bin Hamburger", bemerkte der Mann am Steuer. „Und Sie, mein Herr?"

Man konnte sich bemühen wie man wollte, nicht einmal Schauspieler waren imstande, ihr Südhochdeutsch völlig zu überspielen. Dazu kamen bei Urban noch das weiche fränkische B und das lange A.

„Hausnummer siebzehn."

„Sagten Sie nicht elf?"

Urban hielt sich lieber raus. Er hatte genug

Dampf und Power in Form von drei harten Telefongesprächen aus Fuhlsbüttel gebraucht, um es zu schaffen. Erst als er den Kollegen vom Landeskriminalamt das Messer an die Kehle gesetzt hatte, waren sie aktiv geworden. – Eine Glanzleistung nach Büroschluß an einem Tag, mit dem das Wochenende anfing.

Er hatte darauf bestanden, daß sie in allen noch vorhandenen Karteien nach einer Eva B. suchten, geboren um 1926, blond, bezopft, Hitlerfräulein.

Sie hatten wahrlich mit Rekordtempo geackert und gemeldet:

„Haben wir nicht."

Doch dann war ein halbes Wunder geschehen. Sie hatten die üblichen Unterlagen gewälzt, alte Telefon-, Adreß-, Fahndungsbücher und freudestrahlend ins Büro der Flughafenpolizei, wo er gewartet hatte, berichtet:

„Gibt aber eine Eva Brauneck. Geboren neunzehnfünfundvierzig. Seit ihrer Geburt wohnhaft in Blankenese."

Urban hatte die Adresse bekommen.

Nun hielt das Taxi vor der älteren Villa im Architekturstil der Nazi-Zeit. – Damals hatte man das schön gefunden. Und heute, nach fast einem halben Jahrhundert, begann man, es wieder schön zu finden.

Urban bezahlte und stieg aus. Er drückte auf den Messingknopf an der Gartenmauer neben dem Gartentor in deutscher Eiche, benagelt mit einem schweren Schild aus deutscher Bronze:

Brauneck – Reederei.

Schon fürchtete er, wie Sisyphos mit der Schöpfkelle am Mittelmeer dazustehen, als erst der Summer ertönte und dann eine Stimme:

„Hallöchen!"

„Ich bin's", sagte er, „Robertchen."

Eine Dame mittleren Alters, ungefähr fünfzig, mit graublonden Ringellocken, eigentlich recht hübsch, saß in einem Rollstuhl.

Sie bewegte ihn mit behender Eleganz, so als wäre sie mit ihm verwachsen.

„Kennen wir uns?“ fragte sie im näselnden Ton von Reederstöchtern.

„Jetzt ja, Gnädigste“, antwortete Urban artig. „Und ich muß gestehen, ich habe es lange vermißt.“

„Sie Charmeur.“

„Ich wäre gerne einer, Gnädigste.“

„Und wer sind Sie nun wirklich?“

„Ein Bulle, Gnädigste.“

Sie betrachtete ihn von oben bis unten desinteressiert, aber neugierig.

„Aber wohl nicht animalisch betrachtet, oder?“

„Nein, nicht rindviehmäßig.“

Er machte es kurz und sagte seinen Spruch auf.

Dr. Robert Urban, Bundesnachrichtendienst. Im Norden fügte er gerne seinen Reservedienstgrad bei der Marine hinzu: Kapitän zur See.

Nun lächelte die nette, mehr oder weniger behinderte Hamburger Lady gnädig. Sie fuhr voraus zur Terrasse, ließ unter rosa Baldachin Tee servieren, dazu gab es Tafelgebäck, das Urban als Florentiner bekannt war.

Bevor die Lady anfangen würde, vom Wetter oder von der Wespenplage zu sprechen, kam Urban dezent zur Sache.

Erst beschrieb er das Mädchen auf dem Foto aus der Schnellbootkoje in Oslo so plastisch wie nur möglich, erwähnte auch die Widmung hinten und fragte dann:

„Kennen Sie diese Person, Gnädigste?“

Die feine Hamburgerin reagierte mit einem deutlichen Strahlen ihrer blauen Augen.

„Aber ja. Das ist meine Frau Mama."

Urban schluckte ein Aufstoßen hinunter.

„Sie muß im Krieg achtzehn gewesen sein."

„Neunzehn."

„Sie liebte einen Matrosen, der auf einem Schnellboot fuhr."

„Fähnrich", erwähnte die feine Dame ironisch. „In unseren Kreisen verlor man sein Herz bestenfalls an Offiziere."

„Also Fähnrich. Ist er noch zu finden?"

„Ja, in seinem Seemannsgrab", bedauerte die Lady.

Urban war jetzt neugierig zu erfahren, warum auch ihr Name mit B. anfing.

„Das war so", erzählte sie. „Peter Brauneck war unser Nachbarssohn. Brauneck-Werft, sicher schon mal gehört. – Im Fronturlaub passierte wohl etwas Unaussprechliches. Meine Mutter wurde schwanger. Es gab eine Ferntrauung, aber mein Vater kam nicht zurück. Sein Boot sank bei einer Sonderunternehmung irgendwo im Skagerrak. Kurz vor Kriegsende war das."

Es machte wohl wenig her, wenn er jetzt noch sein Beileid ausdrückte. Also unterließ er es.

„Ich wurde fünfundvierzig geboren", fuhr die Lady fort, „bekam, wie es Tradition bei uns ist, den Vornamen meiner Mutter – Eva. Es war eine schwere Zeit. Nun ja, bald wurde sie besser. Meine Mutter führte die Werft, und ich hatte ein frohes, sorgenfreies Leben. Ich studierte in Paris und London und lernte dort einen Mann kennen. Es war eine herrliche Zeit. Ich folgte diesem Mann, der mein Vater hätte sein können, nach Argentinien. Er schwängerte mich, wie es offenbar auch eine Familientradition ist. Bevor er mich heiraten konnte, verschwand er spurlos. Vermutlich hatte er eine SS-Vergangenheit und wurde von israelischen Nazijägern getötet. – Nun, ich kehrte mit einem Baby nach Hamburg zurück. Ein Unfall beim Segeln zwang mich in den Rollstuhl."

„Und Eva Brauneck", sagte Urban, den Dingen vorgreifend.

Die Hamburger Lady rollte ins Haus zum Kamin. Mit einem Silberrahmen kam sie wieder.

„Ist sie das?"

Urban fühlte, wie es in seinem Inneren einen Riß gab.

„Diese Ähnlichkeit."

„Bis auf die Jungmädel-Uniform, schätze ich."

„Wie ihre Großmutter."

„Und wie ich", rief die Hamburger Lady. „Sehen Sie mich an, mein Freund. In unserer Familie ist es Tradition, daß die weiblichen Nachkommen einander ähnlich sind wie ein Ei dem anderen. Man könnte uns für Drillinge halten."

Urban hatte genug erfahren, aber im Grunde wußte er so wenig wie vorher.

„Wo ist Ihre Tochter, Gnädigste?"

Doch zuerst stellte die Dame ihre Fragen.

„Wie kamen Sie zu dem Foto meiner Mutter?"

„Wir fanden es auf einem Torpedoschnellboot, das in einem norwegischen Hafen gefunden wurde."

„Auf dem Boot meines Vaters?"

„Wer weiß."

„Dann soff er ja gar nicht ab."

„Das muß erst noch geklärt werden, Gnädigste."

„Gab es sonst noch Spuren?"

„Leider nein. Die Besatzung hatte das Boot verlassen."

Die schnelle Freude war leichter Trauer gewichen.

„Nun, das ist schon eine Ewigkeit her. Mein Vater wäre heute siebzig. Aber Sie halten mich auf dem laufenden, ja?"

„Wo kann ich Ihre Tochter finden, Gnädigste?" wiederholte Urban seine Frage.

„Gewiß irgendwann einmal, wenn ihr Weg sie nach Hamburg führt. Meine Tochter, meine ich. Sie arbeitet als Fotografin, als freie Mitarbeiterin von internationalen Magazinen. Unter einem Pseudonym, das ich nicht kenne. Heute ist sie hier, morgen dort."

„Haben Sie zufällig ein Magazin mit Arbeiten Ihrer Tochter?" fragte Urban.

„Leider ist gerade nichts da", bedauerte die feine Hamburger Werftbesitzerin.

„Wo ist Eva jetzt?"

„Ach irgendwo. Nordpol, Südpol, fragen Sie mich bitte nicht."

Es würde zu ermitteln sein.

Urban verabschiedete sich artig und wurde aufgefordert, wenn er wieder in Hamburg sei, Madame doch zu besuchen. Sie liebe alle Südländer. – Es klang, als wäre er Araber oder mindestens Sizilianer.

Er versprach, wieder vorbeizuschauen, und sie versprach, ihn anzurufen, wenn sie von Eva etwas hören würde. – Womit aber kaum zu rechnen wäre.

*

Urban fuhr in die Stadt zurück. Die Flugzeuge nach München waren alle weg, die Schlafwagenabteile im Intercity alle ausgebucht.

Im *Vier Jahreszeiten* an der Alster endlich in einem bequemen Bett liegend, sagte er langsam, leise, aber deutlich: „Scheiße!"

Er war der Sache nachgegangen, gegen besseres Wissen, gegen sein Gefühl und gegen jede Logik.

Wie kam das Foto unter die Schnellbootkoje? – Daß es von Fähnrich Brauneck stammte, war praktisch unmöglich. Dann müßte es dasselbe Boot sein, auf dem Brauneck 1945 im Skagerrak umgekommen war. Ein intaktes Boot verließ niemand ohne Zwang.

Angenommen, es war alles ein Horrorfilm, Boot und Flugzeug hatten mit den Originalen aus dem Krieg nicht das mindeste zu tun, sondern stammten aus einem Museum, dann konnte das Foto nicht in die Koje gelangen. Und woher stammte der Goldabrieb in der Kommandanten-Schublade?

Urban begann zu rekonstruieren, wie ein Historiker die ersten Pfahlbauten: Wenn hier eine aufgemotzte alte Nazikiste ablief, dann hatte irgendeiner, der unzufrieden war, den man betrogen hatte, der sich rächen wollte, dieses Foto beschafft und beschriftet. Also mußte es Männer auf dem Boot gegeben haben, Helfer, Eingeweihte, und sie waren irgendwann einer Eva Brauneck begegnet . . . wie auch immer, in Urban drehte es sich wie ein rasendes Karussell, das obendrein noch auf einer Achterbahn drei Loopings fuhr. – Da half nur noch Whisky.

Da er viel Whisky brauchen würde, legte er schon die Tabletten bereit. – Seemann leg die Socken klar! – Urban legte die Thomapyrin klar. Lange vor dem Ende der Flasche übte er einen Präventivschlag gegen den zu erwartenden Kater aus.

Er rauchte noch eine MC, als das Telefon ging.

München berichtete von dem Zwischenfall in Paris, von dem Jagdpanther unter dem Triumphbogen.

Das gab es doch nicht. Die waren alle übergeschnappt. – Oder du bist übergeschnappt, Urban, dachte er. Ein gesunder Mensch brachte das alles nicht mehr in den Kopf.

Es gab ein Sprichwort: Man muß oft unehrenhafte Dinge tun, um ehrenhafte Ziele zu erreichen. – Aber wer machte hier etwas völlig Absurdes, um etwas völlig Vernünftiges in die Wege zu leiten?

Urban griff zum Telefon. Er rief die Hamburger Irrenanstalt an und bat darum, abgeholt zu werden. Mit Zwangsjacke, bitte!

Aber das träumte er schon.

13.

Die Washingtoner Presse galt als die schärfste und wachsamste der Welt. Wie zu erwarten war, erfuhr sie von den Ereignisen in Merville, im Slangjö-Fjord und in Paris. Es ließ sich auf Dauer nicht geheimhalten.

Die Journalisten nahmen eine einfache Addition vor. Sie zählten zusammen, und die drei prominentesten von ihnen trafen sich in der Chefredaktion der *Washington Post*.

Es handelte sich um Saywer von der *Times*, Lamartine, den Starkommentator der TV-Station *ABC-Virginia*, und Gantry, den Hausherrn.

Nachdem die Gentlemen in den abgewetzten Clubsesseln Platz genommen hatten, ließ Gantry erst Kaffee, Whisky und Eis im Thermosbehälter bringen. Dann ließ er die Tür schließen und stellte das Radio an.

„Haben Sie hier Mikrofone?“ höhnte Lamartine vom Fernsehen.

„Ich hoffe nicht“, erklärte der Chefredakteur der *Post*. „Gestern verlief die Kontrolle noch negativ. Aber wer weiß.“

„Den Russen“, bemerkte der dicke Saywer von der *Times*, „traue ich alles zu. Und unserer CIA auch.“

„Es liegt daran, daß wir meist mehr wissen als sie.“

„Aber nur, weil wir schneller sind.“

„Und schlauer.“

„Und klüger, nicht zu vergessen.“

Sie kamen zur Sache.

Gantry, der Hagere, blieb auf seiner Sesselbacke sitzen und sagte:

„Gentlemen! Gerüchte, Gerüchte. Die Regierung schweigt wie ein Pharaonengrab. Aber es gibt zumindest zwei Beweisstücke. Der deutsche Panzer in Paris ist unumstritten, und vom deutschen Schnellboot haben wir ein Hubschrauberfoto. Es liegt in Oslo im Dock und wird gerade zerlegt. Von dem Heinkel-Bomber gibt es leider kein Foto, nur Aussagen, so sicher wie eidesstattliche Erklärungen. – Was, bitte, Gentlemen, wird von wem damit bezweckt? Warum schweigen die NATO und die Regierungen? Was läuft da an uns vorbei?“

Die Meinungen lauteten unterschiedlich. Sie reichten von: „Es ist eine so heiße Kiste, daß man die Weltöffentlichkeit damit nicht beunruhigen will.“ – Bis zu: „Der Präsident weiß es selbst nicht.“

„Es gibt also keine Forderungen oder Erpressungen irgendwelcher Art.“

„Auch Bekennerbriefe sollen nicht vorliegen.“

„Nicht einmal Briefe von falschen Bekennern, Trittbrettfahrern, wie die Polizei sie nennt.“

Jeder trug etwas Neues bei. Das Bild wurde zwar deutlicher, aber es blieb ein sehr grobes Mosaik und rundete sich auch in keiner Weise ab.

Der *Post*-Redakteur faßte es zusammen:

„Deutsche Waffen aus dem zweiten Weltkrieg.

Waffen für den See-, Land- und Luftkrieg. Wenn es eine Bedrohung werden soll, egal wie auch immer geartet, muß man damit rechnen, daß auch sie allumfassend gedacht ist."

„Vielleicht will man uns eine realistische Vorstellung von der ungeheuren Macht dieser Gruppe vermitteln."

„Und von unserer Ohnmacht, angesichts der Tatsache, daß alle Geheimdienste und Polizeiapparate bis zur Stunde so gut wie keinen brauchbaren Hinweis fanden."

„Oder man verschweigt sie uns", wandte Saywer ein.

Der TV-Starkommentator senkte seine berühmte Stimme.

„Das genau ist der Grund, warum ich zu diesem Treffen riet. Mir kann keiner erzählen, daß man im Pentagon, in der CIA-Zentrale in Langley und im Weißen Haus nichts weiß. Deshalb müssen wir im Interesse des Informationsrechts der amerikanischen Bevölkerung der Regierung auf die Zehen treten, um zu dokumentieren, daß wir das nicht akzeptieren. Wir verlangen Offenheit."

Diese Forderung fand Zustimmung. Es fragte sich nur, wie das zu erreichen war.

Ein Plan wurde aufgestellt.

„Wir werden beim Pressechef der Stabsstelle im Weißen Haus vorstellig."

„Und wenn er uns hinhält?"

„Erzeugen wir durch gezielte Artikel den nötigen Druck."

„Wir bringen Schlagzeilen und Fotos", sagte Gantry. „Lamartine spricht jeden Abend einen gepfefferten Kommentar."

„Und die *Times* wird die Frage stellen, ob Geheimdienst und Verteidigungsminister angesichts der Vorgänge überhaupt noch vertrauenswürdig sind."

„Die Regierung würde den Direktor und den General notfalls absägen. Was ist damit erreicht?"

„Nichts. Dann müssen wir eben Bonn unter Beschuß nehmen."

„Und zwar von zwei Seiten, indem wir die Kollegen von der Moskauer *Prawda* und der *Iswestija* scharfmachen. Dann liegen die in Bonn unter Wirkungsfeuer und sollen sich gefälligst den Arsch aufreißen."

Die Gentlemen verabredeten Details und stimmten das Timing ab. Dann gab es Drinks. Später ging man befriedigt auseinander.

Die Macht der Presse war doch die größte im Staat. Man konnte Einfluß nehmen auf die öffentliche Meinung. Wer die gewonnen hatte, der erreichte alles damit. – Denn jeder Bürger war schließlich auch Wähler.

*

In diesen Tagen betrat eine weibliche Person das Weiße Haus. Sie war in den Zwanzigern, elegant gekleidet und sehr blond.

An jener Stelle – es war ein schmales Office im Parterre links von der Eingangshalle –, wo normalerweise Geschenke, Briefe und Petitionen abgegeben werden durften, legte sie einen Brief auf den Tisch.

Es handelte sich um einen Umschlag aus braunem Natronpapier. Er war versiegelt und beschriftet.

„An den Präsidenten persönlich", sagte die Besucherin. „Es ist dringend."

Die Farbige im Postoffice lächelte routiniert.

„Hier geht alles direkt an den Präsidenten, und alles ist dringend, Mylady.“

Die Fremde schaute sich erst einmal um. Die Tür zum Nebenraum stand offen. Aber er war leer. Nur ein Fernschreiber ratterte.

Nun öffnete die Blauäugige ihre Handtasche und zog ein Bündel Dollarscheine heraus. Es war noch bankmäßig banderoliert. Dem raschen Blick der Angestellten entging nicht, daß es Fünfziger waren. Und davon mindestens zwanzig Stück.

Die Besucherin schob das Päckchen über den Schreibtisch.

Die Farbige gab ihren Zügen erst einen Ausdruck von Empörung, doch dann siegte der Zauber von tausend steuerfreien Dollar.

Sie berührte das Geld nicht, legte aber wie zufällig einen Aktenordner darüber und sagte nur:

„Okay, Lady. An den Präsidenten, und das sofort.“

Es war üblich, daß der Assistent des Präsidialbüros die Post vorsortierte. Der stellvertretende Stellvertreter des Chefs der PR-Abteilung nahm dann die Auslese vor, was dem Präsidenten vorgetragen wurde.

Als er den Brief im braunen Umschlag gelesen hatte, rief er den Sicherheitschef an und dann den Berater des Präsidenten für äußere Angelegenheiten, einen Direktor des Secretary of State.

Sie setzten sich kurz zusammen. Dann ließen sie sich einen Termin beim Präsidenten der Vereinigten Staaten geben.

Sie bekamen ihn um 16.00 Uhr.

Wenige Stunden später hatte der Präsident den Brief vorliegen. Er überflog ihn, nahm die Brille ab, setzte sie auf, las den Brief wieder.

„Ein Scherz, oder was?“

Die Referenten blickten sich an.

Der Präsident reichte den Brief an den Sicherheitsbeauftragten und sagte:

„Für den Fall, Tom, daß ich der Schrift und Sprache unseres Landes nicht mehr mächtig bin, lesen Sie bitte noch einmal vor? Nur als Bestätigung."

„Mister Präsident", begann der Colonel in Zivil. „Sie haben Kenntnis von gewissen Vorgängen in Belgien, Norwegen und Frankreich. Andere werden folgen. Aber dann werde ich mich nicht nur mit Showeffekten begnügen. Es wird beginnen zu schmerzen. In diesem Jahrhundert gab es, wie man behauptet, zwei Wahnsinnige. Stalin und mich. Aber es gibt einen dritten, nämlich Sie, Mister Präsident. Denn Sie, der mächtigste Mann aller Zeiten, hat es in der Hand, dem Weltuntergang Einhalt zu gebieten. Machen Sie Schluß mit der Rüstung, mit der Zerstörung dieser Welt bis hinauf zu den Sternen, und dem Übelsten aller Übel, der Überbevölkerung! Sie haben weniger Zeit, als Sie glauben. Die Erde mag noch eine Weile geduldig sein. Ich bin es nicht. – Haltet ein, oder es geschehen entsetzliche Dinge. – Gez. Adolf Hitler, Reichskanzlei im Kyffhäuser."

Der Präsident saß erst schweigend da, dann stellte er eine Frage:

„Was, bitte, bedeutet Kyffhäuser?"

Sie mußten erst einen Historiker herbeizitieren. Der erklärte es in der vom Präsidenten geforderten Kurzfassung:

„Der Kyffhäuser ist ein bewaldeter Bergrücken in Thüringen, südlich des Harzes, genannt Goldene Aue in Ost-Germany. Auf dem Nordostkamm des 477 Meter hohen Kulpenberges steht das Kyffhäuserdenkmal mit einer Steinfigur des Kaisers Friedrich Barbarossa."

Da der Historiker Atem schöpfte, drängte der Präsident:

„Barbarossa, und, und?"

„Von Barbarossa", fuhr der Professor fort, „dem staufischen Kaiser, geht die Sage, er schlafe im Kyffhäuser, um dereinst wiederzukehren, wenn seine Zeit gekommen sei, um sein Werk zu beenden."

„Welches Werk?"

„Europa neu zu ordnen."

„Im übertragenen Sinne wohl die ganze Welt."

„Das wäre das heute wohl aktuellere Problem."

„Und diese Behausung, den Wohnsitz von Kaiser Rotbart, meine ich, dieser Kyffhäuser, ist in Thüringen, in einer, wie ich verstand, ostdeutschen Provinz."

Nun machte der Historiker eine Einschränkung.

„Dies wiederum ist strittig, Sir", sagte er. „Es gibt Quellen, denen zufolge Barbarossa in einem Untersberg genannten Gebirgsstock bei Berchtesgaden in Bayern schlafe. Andere behaupten, Kaiser Karl der Große habe dort sein Ewigkeitsquartier bezogen."

„Und Ihre Meinung, Professor?"

Der Historiker zögerte.

„Ich würde sagen, gewähren wir Barbarossa das Wohnrecht im Kyffhäuser und Carolus Magnus das im Untersberg."

Der Präsident rauchte nur selten. Jetzt steckte er sich eine Zigarette an. Dann polterte er los:

„Was, zum Teufel, soll ich damit anfangen? Das ist Sache unserer deutschen Bundesgenossen. Sollen die sich da gefälligst reinhängen und ihre Vergangenheit bewältigen. Rufen Sie den deutschen Botschafter. Ich bitte dringend um seinen Besuch. Heute noch."

Das Gespräch des US-Präsidenten mit dem deutschen Botschafter verlief nicht unfreundlich, war aber von Ernst geprägt.

Der Präsident machte dem geachteten Diplomaten deutlich, wie er die Lage beurteilte. Er forderte ihn auf, alles zu tun, um den Schleier von diesen rätselhaften Vorgängen nicht nur zu lüften, sondern sie zu klären und zu lösen. Auch in bezug auf die Andeutung Kyffhäuser.

„Vertrauen muß die Basis sein", sagte der Präsident, von seinem CIA-Chef munitioniert. „Übermitteln Sie das nach Bonn. Und Grüße an meinen Freund, den Bundeskanzler."

Es war Mitternacht, als der Botschafter im Bundeskanzleramt anrief. Dann schickte er noch ein ausführliches Telex hinterher.

In Bonn trat der kleine Krisenstab zusammen. Die Vorgänge in Belgien, Paris und Norwegen waren bekannt, auch wenn der Bundesnachrichtendienst in der Sache erfolglos gewesen war. – Nun kam dieser „gez. Adolf-Hitler-Brief" noch erschwerend hinzu.

Der Kanzleramtschef riet, die Verantwortung voll nach München-Pullach durchschlagen zu lassen.

„Wozu haben wir einen Geheimdienst, der uns jährlich Hunderte von Millionen kostet", äußerte er nachdrücklich. Der Kanzler gab sein Einverständnis.

So kam es zu der Frühkonferenz im BND-Hauptquartier.

Für den abwesenden Präsidenten leitete sie der Vizepräsident. Weiter anwesend waren der Operationschef und der Agent Nr. 18, Robert Urban.

„Man schiebt uns den Schwarzen Peter zu", klagte der zweite Mann des BND. „Aber wie kriegen wir ihn wieder los?"

„Indem man ihn weiterschummelt", schlug Urban vor.

„Wohin?"

„Zu dem Schuldigen."

„Erst muß man ihn haben."

„Wichtig wäre", erklärte Urban, durchaus seine Möglichkeiten einschätzend, „daß wir wissen, wer er ist. Barbarossa ist purer Unsinn. Hitler ist tot. Neonazis haben weder die Mittel noch die Macht, noch die Organisation. Ich denke, diese Leute sitzen im Ausland und tarnen sich mit der Hakenkreuzfahne, weil es bequem und wirkungsvoll ist."

Der Vize seufzte tief.

„Alles Deutsche stinkt eben immer noch nach Nazi."

„So wie Benzin immer nach Auto riecht", verglich Urban es.

„Oder wie Petroleum nach Lampe."

„Wie Nutte nach Prinzessin", makaberte Urban noch eins drauf.

Der Vizepräsident hob die Hand.

„Bitte, Zoten führen hier nicht weiter. – Gibt es Ideen?"

Urban wackelte mit dem Kopf.

„Eine allerletzte."

„Und?"

„Habe ich Ihre Unterstützung?"

„Wie weit?"

„Mindestens von hier bis Brüssel."

„Jede", versprach der BND-Präsident. „Mit Ausnahme von Gehaltserhöhung."

14.

Der Militärpolizist sperrte die Einzelzelle im Gefangenenbunker auf.

Der Fallschirmjäger hatte sie schon eine Stunde vorher belegt, um sich einzustimmen und noch einmal jedes Detail zu durchdenken.

Nun erhob er sich.

Der MP-Soldat übergab ihm die Maschinenpistole.

Urban flüsterte:

„Jeep?“

„Vollgetankt, Sir.“

„Wer ist noch alles da?“

„Der Mastersergeant. Er wartet auf Ihren Handkantenschlag, Sir.“

Urban blickte dem Amerikaner in die Augen und fand darin Übereinstimmung. Er hoffte, daß auch mit den Dienststellen von der Luftbasis bis zum NATO-Hauptquartier Übereinstimmung herrschte. Aber eine Panne war nie auszuschließen.

Der Militärpolizist nickte.

„Jetzt, Sir.“

Urban hämmerte den Kolben der Waffe gegen die Tür. Der Soldat schrie, als wäre er getroffen. Sie täuschten Kampfgeräusche vor. Urban feuerte eine Garbe gegen die Bunkerdecke. Der Soldat ging stöhnend zu Boden.

Urban hetzte mit hämmernden Schritten zur vorderen Zellentür, sperrte sie hastig auf und sah sich der verstörten Heinkel-Besatzung gegenüber.

„Los, raus, Kameraden. Das ist die Chance.“

Der Major stand auf und winkte erst einmal ab.

„Welche Chance, Feldwebel?“

„Hier rauszukommen. Keine Zeit zum Diskutieren.“

Der Major, hochnäsig wie eh und je, sagte:

„So weit kommt's noch, daß ein Typ wie du hier den Ton angibt."

„Na schön, dann wachst eben mit dem Arsch fest. Ich gehe allein. Macht's gut, Kumpels."

„Was, zum Teufel, hast du dir wieder für eine Geschichte zusammengebastelt, Mann?"

„Nur die, daß ein Ami da draußen tot ist und der Sergeant im Koma liegt."

Urban machte Anstalten, sich zu empfehlen. Zwei der Flieger wollten ihm folgen. Der Major hielt sie zurück. Aber sie rissen sich los. Heftige Diskussion. Dann kamen auch die anderen mit. Sie stürzten hinter Urban ins Freie und fanden mit Mühe im Jeep Platz.

Es war noch hell, aber Urban hatte den Zeitpunkt so gewählt, daß sie in die Dunkelheit hineinfahren würden. Außerdem war jetzt Dienstschluß auf Merville-Base. Niemand war zu sehen. Die zwei Milizposten ruhten sanft. Später würden sie per Feldtelefon melden, daß alles okay sei. Dann würde man den Flüchtenden mit Abstand folgen und, was auch kam, keinen der vier Heinkel-Männer aus den Augen verlieren.

Mehr als eine Hundertschaft erstklassiger Kriminalbeamter, Abwehrleute und Agenten waren dafür eingesetzt.

Urban ließ den Jeep an und raste über den meilenweiten Flugplatz auf den Wald am Südende zu.

„Warum fahren wir Richtung Küste?" schrie der Major.

„Weil dort das Land aufhört und es Schiffe gibt. Wir müssen erst mal grob in Richtung Süden."

„Zum Teufel, man kann uns nichts vorwerfen. Jeder Kriegsgefangene hat das Recht auszubrechen."

„Man wird uns wie Terroristen jagen“, fürchtete Urban.

„Sie stehen zehntausend zu eins gegen uns. Da hilft kein Vorsprung.“

Mit Vollgas, daß der Jeep sprang wie ein dressiertes Pferd im Zirkus und der Motor im zweiten Gang heulte, als würde er nicht mehr lange gebraucht, erreichte Urban nach wenigen Minuten den Platzrand.

Im Gebüsch tat sich eine Schneise auf. Dahinter verlief die Straße für den Wachrundenjeep. Dann kam der Zaun.

„Wenn sie uns kriegen“, sagte Urban, „gibt es einen Wirbel, der sie zu Entscheidungen zwingt. Immerhin behaupten sie, der Krieg sei längst zu Ende.“

„Wie“, fragte der Major, „wollen Sie den Jeep über den Zaun heben?“

Urban sprang aus dem C7, rannte ein Stück am Zaun entlang, machte sich daran zu schaffen – an einer vorbereiteten Stelle – und kam zurück.

„Er ist unten nicht verankert und ziemlich lose. Wir heben ihn an. Der Jeep ist kaum einen Meter hoch. Ich bringe ihn durch.“

Sie versuchten es. Es gelang.

Bald hatten sie die Straße der belgischen Provinz West-Flandern unter den Rädern. Die Nacht kam. Von Merville her war noch kein Alarm zu hören. Demnach war auch nicht mit Straßensperren zu rechnen.

Es wurde bald dunkel.

Sie mieden selbst kleine Orte und überquerten die Grenze nach Frankreich in einem Waldstück bei Godewaersvelde. Nördlich von Arras bog Urban auf die Autobahn.

Einer der Heinkel-Männer fragte:

„Hast du Geld?"

„Wofür?"

„Kosten Autobahnen in Frankreich nicht Gebühren?"

„Leider sind es nicht die Straßen des Führers", höhnte Urban. „Ich habe den Amis Dollars abgenommen. Beruhigt?"

An der Zahlstelle hielt man die Soldaten in den fremden Uniformen für Amerikaner. Sie zahlten in bar, mit grünen Dollars.

Nachdem sie bis 23.00 Uhr mehrere hundert Kilometer hinter sich gebracht hatten und kurz vor Paris standen, befahl der Major, die Autoroute zu verlassen. Vorher mußte Urban den Jeep ins Dunkel rollen.

„Herrschaften", erklärte der Major. „Ich muß in die Schweiz über Paris. Dort kenne ich ein Mädchen, die besorgt mir Zivilklamotten."

Die anderen hatten verschiedene Ziele. Einer wollte nach Berlin, einer nach München, einer nach Hamburg.

„Schade, daß wir Oberleutnant Seiler nicht mitnehmen konnten."

„Hoffentlich muß er es nicht büßen."

„Die Amerikaner kennen keine Sippenhaftung", äußerte Urban und erntete dafür strafende Blicke.

Der Major wandte sich nun an ihren Befreier.

„Und Sie, wie war doch Ihr Name?"

„Hesse, wie der Stellvertreter des Führers, nur mit einem e hinten."

„Bitte kein Wort über dieses Verräterschwein! Wo liegt Ihr Anlaufpunkt, Hesse?"

„In Oberitalien."

„Schön, dann bleiben wir bis Genf zusammen", schlug der Major vor.

Die Frage war jetzt, wie jeder seine Flucht bis zum Anlaufpunkt finanzierte.

Urban hatte damit gerechnet und vorgesorgt.

Er machte sein Koppel auf, riß das Innenleder ab und reichte jedem der Männer eine im Gürtel versteckte Goldmünze.

„Eiserne Reserve des Sonderkommandos" sagte er. „Das sind Südafrikaner. Krügerrand. Jeder eine Unze schwer. Dreißig Gramm ungefähr. Kann man problemlos umtauschen. Münzen nehmen alle. Laßt euch nicht übers Ohr hauen. Der Wert ist bei allen Banken angeschlagen."

„Bist ein echter Kamerad", rief Funker Grabe.

„Nicht übertreiben", schränkte der Major ein. „Alle für einen, einer für alle."

„Und ich bin der gewisse eine", spottete Urban, „wie mir scheint."

Sie verließen die Autoroute. Jeder wurde abgesetzt, wo er wollte.

Zwei verabschiedeten sich in einer kleinen Stadt, wo sie sich nach dem Goldwechsel Trenchcoats und Hüte kaufen wollten.

Milchgesicht Richter hielt seinen Overall, von dem er alle Rangabzeichen entfernt hatte, für so schmutzig, daß man ihn für einen Handwerker halten konnte. Er stieg an der Bahnstation von Compiegne aus.

„Für Sie besorge ich Klamotten", versprach der Major Urban. „Und dann brauchen wir wohl ein anderes Automobil und irgendwelche Papiere."

Urban hatte sie bereits. Es handelte sich um die Dienstausweise der außer Gefecht gesetzten amerikanischen Militärpolizisten. – So behauptete er jedenfalls.

In reichlich weiten, etwas altmodischen Anzügen, die der Major aus einem Depot Nr. 1 holte, fuhren sie bis Lyon. Dort tauschte Urban den nagelneuen Armeejeep gegen einen kleinen Peugeot.

Der Verkäufer stellte keine Fragen, und Urban auch nicht.

Die Grenze zur Schweiz überquerten sie in einer Touristenschlange unkontrolliert.

Am Nachmittag, gegen 17.00 Uhr, kamen sie durch die Vororte von Genf.

„Wohin?“ fragte Urban den Major.

„Depot Nummer zwei. Aber ich brauche einen Spaten oder eine Schaufel.“

Sie kauften das Werkzeug im Laden neben einer Schmiede.

Nachdem sie Genf durchfahren hatten, was um diese Zeit nahezu eine Stunde in Anspruch nahm, dirigierte der ortskundige Major Klemm seinen Fahrer erst am See entlang, dann auf Nebenstraßen hinauf in die Weinberge.

Hoch über Klausen kamen sie in einen Birkenwald. Der Major zeigte Orientierungsschwierigkeiten, fand dann aber den richtigen Weg und den Pfad, der von ihm abzweigte.

Er stieg aus und nahm den Spaten mit.

„Sie warten“, entschied er, als wäre er immer noch Urbans Vorgesetzter.

Urban sah ihn auf einer Lichtung verschwinden und zwischen Jungholz herumsuchen. Dann hatte er wohl die Stelle gefunden. Er grub und brauchte etwa zwanzig Minuten.

Mit etwas Schwerem, das in einen erdigen Lappen gewickelt war, kam er zurück.

„Wie hat man Sie bezahlt, Hesse?“

„Mit dem üblichen Kriegssold des Soldaten“, antwortete Urban grinsend.

Das Ding im schmutzigen Tuch war schmaler als ein Ziegelstein, aber länger und mindestens fünfmal so schwer.

„Ist das die ganze Ausbeute?“ staunte Urban.

„Die Hälfte.“

„Wieviel?“

„Zwanzig Kilo, tausend Tausendstel fein.“

„Das gibt es nicht bei Barren.“

Der Major löste eine Ecke des Tuches. Es war zweifellos Gold, etwas mehr gelb als rötlich.

Urban sah den Stempel, den Naziadler, Deutsche Reichsbank Berlin, Führerreserve.

„Das sind sechshundert Unzen“, schätzte Urban und pfiff.

„Was bringt die Unze beim Verkauf?“

„Keine Ahnung. So um vierhundert Dollar, vielleicht. Dann sind das grob gerechnet vierhundert mal sechshundert. Na ja, eine Viertelmillion Dollar.“

Der Major zog den Tuchzipfel wieder über die Barrenkante, als würde er ein Baby wickeln.

„Nur der Verkauf ist schwierig. Sie stellen Fragen.“

„Bei so ’ner Menge schon. Den Reichsadler müssen Sie weghämmern, Herr Major.“

„Klarer Fall.“

Urban fiel der Goldabrieb in der Schublade unter der Koje des Schnellbootkommandanten ein. Offenbar wurde hier mit Nazigold aus der Führerreserve bezahlt. – Wieder ein halber Schritt weiter. Und es gab Depots – dritter halber Schritt weiter.

„Wie kriege ich das los?“ fragte der Major ein wenig hilflos.

„Bei einer kleinen Bank, wenn Sie ihnen einen günstigen Preis bieten.“

„Hier in der Schweiz?“

„Besser in Italien.“

„Was halten Sie von Spanien?“

„Auch schlecht“, befürchtete Urban.

„Ich muß ohnehin nach Spanien. Hab ein Haus dort. Costa Brava.“

„Costa Brava, molto brava“, reimte Urban.

Klemm wirkte nervös. Der hochnäsige Herr Major zeigte Auflösungserscheinungen.

„Helfen Sie mir, das Gold zu versilbern? Ich spreche nur Englisch.“

„Okay, verscheppern wir es. Gelegentlich.“

Sie verließen den Wald und fuhren in Richtung Montreux. Urban schlug vor, über Italien und Südfrankreich nach Spanien zu reisen, das sei ein hübscher Umweg, für den Fall, daß man sie heimlich verfolge.

Der Major war einverstanden. Aber irgendwie mißfiel Urban sein Glitzerblick. Der Bursche führte etwas im Schilde. Nur weil man hinter ihnen her war und die Beschatter dichtauf standen, ließ Urban sich hereinlegen.

Es dunkelte schon, da sagte der Major, daß er Hunger hätte.

Sie hielten an einer Tankstelle mit Imbiß.

„Gehen Sie hinein. Sie sprechen besser Französisch.“

„Was darf es denn sein?“

„Eine Wurstsemmel und ein Bier.“

Als Urban mit dem Hamburger und der Dose Bier wieder herauskam, war die Stelle, wo der Peugeot gestanden hatte, leer.

Er aß den Hamburger, trank das Bier, dann ging er wieder in das Restaurant, um zu telefonieren. Er hatte eine Nummer in Frankreich, von wo man ihn überallhin verband.

„Habt ihr sie?“ fragte er.

„Alles im Griff“, wurde ihm bestätigt.

15.

Der Verkauf von Gold an eine Bank in Luxemburg war, allerdings nur mit Herkunftsnachweis, durch kein Gesetz verboten.

Ein Interpol-Team hatte den Obergefreiten Lutz bis hierher verfolgt und beobachtet, wie er einen Zweikilobarren Gold gegen Dollar und D-Mark tauschte.

Als Lutz die Bank wieder verließ, folgte ihm ein anderes Team. Die Interpolleute baten darum, den Bankdirektor sprechen zu dürfen.

Sie erklärten ihm ihr Anliegen. Daß der Barrenkauf ohne Zertifikat illegal war, interessierte sie nicht. Sie baten nur darum, die Herkunft des Goldes feststellen zu dürfen. Dazu würde man den Barren für vierundzwanzig Stunden in Verwahrung nehmen müssen.

Die Niederlassung der *Chase Manhattan Bank* in Luxemburg wollte jeden Ärger vermeiden. Der Barren wurde gegen Quittung ausgehändigt.

Die Beamten brachten ihn ins Zentrallabor nach Paris.

Dort waren die Fachleute bereits telefonisch zusammengetrommelt worden und begannen mit der Analyse.

Zunächst wurden die Strukturen des mit einem Hammer zerschlagenen Herkunftsstempels rekonstruiert.

Mit einem Verfahren, das sich Schichtenfotografie nannte – es arbeitete mit Ultraschall –, gelang es, die verhämmerten Markierungen ebenso sichtbar zu machen wie die ausgefeilten Nummern aus den Motorblöcken gestohlener Autos.

Doch der Verantwortliche war noch nicht zufrieden.

„Versuchen Sie es mal mit dem Rasterlaser", wünschte er.

„Das bringt bei Gold nichts. Dann eher schon das Mikrosensorverfahren."

Sie versuchten alles. Sie setzten die modernsten Mittel ein, sogar Infrarot und Röntgenfotografie. Dann hatten sie soviel, daß sich damit die Kennzeichnung des Barrens einwandfrei bestimmen ließ.

„Sie lautet", las der Laborchef von seinem Blatt, „Deutsche Reichsbank Berlin. Zweitausend Gramm Gold, tausend Tausendstel. Führerreserve. Gußdatum Februar neunzehnhundertvierundvierzig."

„Danke", sagte der Interpolinspektor. „Und jetzt müssen wir ins Feine. Was ist es für Gold, wo kommt es her. Läßt sich das ermitteln?"

Die Edelmetallexperten waren durchaus in der Lage zu sagen, ob Gold aus Alaska oder aus dem Ural stammte. Es gab da Unterschiede in der Molekularstruktur und beim Gehalt an Mineralien und Fremdmetallen.

„Nur bei Reingold wird es schwierig", hieß es.

Trotzdem versuchten sie es.

Von jedem Quadratzentimeter der Barrenoberfläche wurde ein Hauch Goldstaub abgekratzt, insgesamt weniger als eine Apothekerwaage gerade noch anzeigte.

Sie gingen damit um, wie mit der Gewebeprobe eines Lebewesens von einem anderen Stern.

Das Gold wurde mehrfach behandelt. Es kam unter das Elektronenmikroskop, wurde aufgelöst und auf Saugpapier getropft, wo man die Fließfähigkeit berechnete, und schließlich im Gaschromatographen verdampft.

„Wir haben insofern Glück“, sagte der Laborchef, „als es absolut reines Gold gar nicht gibt. Dies hier ist Komma neun neun neun rein, hat also ein Promille Fremdbestandteile. Diese Bestandteile bleiben erhalten, obwohl das Gold bei der Schmelze stark homogenisiert wurde.“

„Welche Bestandteile?“ fragte der Interpolinspektor.

„Silber, Platin, Kupfer, Messing, einige Mineralien. Natürlich alles in vernachlässigbarer Größenordnung.“

„Und woher kommen diese Bestandteile?“

„Entweder sie sind natürlich in die Goldader mit eingewachsen, oder sie entstehen durch die Schmelze unterschiedlichen Rohgoldes.“

„Zum Beispiel?“

Nun ließ der Laborchef es heraus.

„Schmuckgold“, zählte er auf, „alte Münzen, Beutegold aus Kirchen, Zahngold.“

Der Mann von Interpol verstand.

„Also ist es KZ-Gold. Gold aus Konzentrationslagern, das man den Juden abnahm.“

Der Experte bestätigte dies mit Einschränkungen.

„Ein Beweis, daß es aus der Führerreserve oder SS-Reserve, egal wie Sie es nennen wollen, stammt.“

„Hat man eine Ahnung, wie groß diese Führerreserve an Gold damals war?“

„Man munkelt von mehreren hundert bis zu tausend Tonnen“, glaubte der Experte sich zu erinnern. „Seit Kriegsende wurde nach dem Gold gesucht, überall in der Welt, von den Alpenseen in Österreich bis in die Schluchten der Anden Südamerikas. Aber man hat es nie gefunden.“

„Danke, Messieurs.“

Der Mann von Interpol telefonierte mit seinem Büro in Brüssel.

16.

Sie saßen vor der weißen maurischen Villa in Rosas an der nordspanischen Küste nun schon den zweiten Tag.

Sie hatten ihren Standort und auch die Autos gewechselt, aber es waren stets dieselben Insassen. Einmal im Freizeitlook, einmal in dunklen Anzügen. Die Señores waren Coronel Erneste Segovia vom BIS Madrid und BND-Agent Nr. 18, Robert Urban.

Sie beobachteten jede Bewegung oben im Anwesen, jeden Schatten, jede Tür, jedes Fenster, das auf und zu ging, jeden Vogel, der aufflog.

„Alles wie tot.“

„Aber er ist da“, beharrte der Spanier, „auch wenn er sich nicht zeigt.“

„War es schwer, ihn zu finden?“

„Nein, leicht“, sagte der schlanke, stets elegante Coronel. Obwohl er längst den ganzen Laden kommandierte, hatte er es sich nicht nehmen lassen, diese Phase an der Seite seines Blutsbruders Roberto mitzuerleben. Denn inzwischen hatte der Fall internationale Dimensionen angenommen.

„Erstens hatten eure Leute ihn ab der Schweiz verfolgt, zweitens ist er hier gemeldet.“

„Seit wann?“

„Als er das Haus kaufte, im letzten Herbst. Nun willst du wissen, von wem er es kaufte. Er erwarb es von einer Baugesellschaft.“

„Spanier?"

„Ein ziemlich verschachtelter Laden. Spanier, Schweizer, Deutsche, alles etwas halbseidene Finanziers."

„Woher stammt bloß das Geld?"

„Von dort, wo das Gold herkommt", vermutete Erneste Segovia.

„Aus dem sagenhaften Hitlerschatz. Und der Bursche hat nicht mal einen Job. Ohne Beruf, hat er angegeben. In den deutschen Archiven wird er als Sozialhilfeempfänger registriert."

„Wir überwachen sein Telefon", fuhr der Spanier fort. „Aber er telefoniert nicht. Falls er telefoniert, wird das Gespräch sofort auf dieses Autotelefon hier geschaltet."

Es wurde Mittag und heiß. Sie fuhren in den Schatten. Zwischendurch ging immer mal einer essen.

Es wurde Nachmittag und Abend. Major Klemm ließ sich nicht blicken und telefonierte auch nicht.

In der Nacht wurden sie abgelöst, am Morgen waren sie wieder zur Stelle.

„Nichts Neues, Señor", meldete die zweite Mannschaft.

Dann endlich um 10.00 Uhr passierte etwas.

Ein kleiner Seat Ibiza fuhr den schmalen Weg vom Berg herunter zur Straße und bog Richtung Rosas ab.

„Das ist er", rief Urban.

Sie fuhren hinterher.

*

Major Klemm, ein Mann mit angeborenem Mißtrauen, schien Beschattung zu fürchten. Es gelang ihm, Segovias Mercedes in den engen Gassen von

Rosas abzuhängen. Doch auf der Straße nach Gerona hatten sie ihn wieder.

„Kannst du hellsehen?“ fragte Urban seinen spanischen Kollegen.

„Es sah so aus, als wollte er oben in der Villenkolonie gleich auf die Hauptstraße abbiegen. Doch dann überlegte er es sich und schlug einen Haken durch den Ort, wo er uns tatsächlich abhängte. Aber was soll er in Rosas? Einen heben?“

Klemm fuhr das Maximum von dem, was der Seat hergab. In Figueras nahm er die Autobahn nach Barcelona, verließ sie aber an der Ausfahrt Gerona.

Inzwischen hatte der Coronel zwei Streifenwagen auf die Beine gebracht. Sie konnten sich also zurückfallen lassen. Ab der Autobahnzahlstelle wurde Klemm von anderen beschattet.

Als sie nach Gerona kamen, erfuhr der Coronel über Funk, daß Klemm an der Placa Major geparkt hatte. Sie sahen ihn gerade noch in eine Bank hineingehen.

„Mit einer Plastiktüte“, erkannte Sevogias scharfes Auge.

„Mit etwas Schwerem drin.“

„Einem Ziegelstein.“

„Einem aus Gold. Gold transportiert man am besten in Kaufhaustüten. – Er versucht, ihn zu verkaufen.“

„Als Tourist“, meinte der Spanier, „wird er damit Schwierigkeiten bekommen. Bei Gold in solchen Mengen braucht er eine Steuernummer. Die wiederum kriegt er nur, wenn er hier ansässig ist.“

„Mal sehen, welchen Trick er draufhat.“

Offensichtlich hatte Major Klemm keine gutsortierte Tricksammlung. Es dauerte nicht allzulange, bis er die Bank wieder verließ und zur nächsten ging. Die Plastiktasche zog noch genauso kantig nach unten wie vorher.

Klemm versuchte es mehrmals, hatte aber kein Glück. Schließlich betrat er eine Bar, nahm dort einen Tinto, kaute dazu ein paar Nüsse und telefonierte.

Segovia war ihm gefolgt.

Als sie hinter Klemm wieder nach Rosas zurückfuhren, fluchte Segovia leise, aber vornehm.

„Götterspeise erzeugt Götterscheiße. Konnte nicht sehen, welche Nummer er eindrehte. Aber es war eine vielstellige."

„Was bezahlte er dem Patrón an Gebühren?" fiel Urban ein.

„Es war leider ein Münzfernsprecher."

*

Ab 17.00 Uhr lagen sie, diesmal mit einem Lieferwagen, auf der Lauer. Auch er hatte Polizeifunk.

Es wurde Abend, die Sonne sank, die Nacht kam.

Segovia schaute auf die Uhr.

„Ablösung dreiundzwanzig Uhr", sagte er.

Wenig später summte der Autofunk. Segovia schaltete auf Lautsprecher und nahm das Mikro.

„Was gibt's?"

„Er telefoniert, Señor", hieß es. „Er wird gerade angerufen."

„Stellt es zu mir durch und macht eine Aufzeichnung."

Sie bekamen den Rest des Gespräches mit.

„. . . leider Probleme mit dem Goldverkauf", sagte Klemm.

„Schön, wir übernehmen das", antwortete eine Frauenstimme. Sie sprachen deutsch. „Wieviel?"

„Zum Börsenpreis."

„Zunächst die Hälfte. Ist das okay?“

„Ich befinde mich in eurer Hand.“

„Wann?“ fragte die Frau.

„Jederzeit. Ich bin blank, Eva.“

„Schön, bis morgen abend zweiundzwanzig Uhr. Hinter der Grenze. Ich möchte nicht so weit fahren müssen. Im Steinbruch.“

„Morgen, zweiundzwanzig Uhr, Steinbruch“, bestätigte Klemm.

Beide legten auf.

Segovia sprach mit der Zentrale.

„Woher kam das Gespräch?“

„Ausland“, hieß es nur.

„Zu wenig“, befürchtete Urban. „Aber was für ein vorsichtiges Kerlchen ist dieser Klemm doch. Er nimmt an, daß sein Telefon angezapft ist. Er rief, als es mit dem Goldverkauf nicht klappte, bei der Dame an. Sie meldet sich prompt aus dem Ausland.“

„Wir kriegen sie“, hoffte der Spanier. „Beide. Ich lasse diese Eva ab der Grenze beschatten.“

„Ich will sie gar nicht haben“, erklärte Urban. „Ich will nur eine deutliche Spur. Denn wenn wir zuschlagen, werden sie beide schweigen wie der Mount Everest. Das nützt uns wenig. Und selbst wenn ihr sie festnehmt, wie, bitte, lautet der Haftgrund?“

„Diebstahl.“

„Das Hitlergold ist herrenlos.“

„Dann Goldschmuggel und Umgehung der Einfuhrumsatzsteuer.“

„Dann haben wir vielleicht Klemm, doch den hatten wir schon einmal. Die Frau kriegen wir damit nicht. Außerdem wäre sie mit Hilfe guter Anwälte binnen drei Stunden wieder auf freiem Fuß.“

„Man muß eben nachhelfen“, bemerkte der Coronel. „Aber erst suchen wir mal alle Steinbrüche hinter der Grenze.“

*

Eine Blondine, wie der Zollbeamte in Le Havre sie im Zusammenhang mit der Großcontainerfahndung beschrieben hatte, überquerte die Grenze bei Port Bou.

Etwa eine halbe Stunde später warteten Urban und Segovia im alten Steinbruch oberhalb der Straße nach Llansa. Den BIS-Mercedes hatten sie, gut getarnt, hinter mächtigen Kalksteinblöcken und der Sprengmeisterhütte versteckt.

Die Dämmerung war bereits fortgeschritten. Mit dem Polizeifahrzeug unten an der Küstenstraße standen sie ebenso in Funkverbindung wie mit dem Wagen, der Klemm folgte, und jenem Agenten, der das Porsche-Cabriolet der blonden französischen Touristin beschattete.

„Sieht gut aus“, meinte Urban. „Beobachten, belauschen, dann die Fotos mit dem Nachtsichtgerät und Kontakt halten.“

Mit der Dunkelheit kam leider alles anders.

Punkt zweiundzwanzig Uhr rollte Klemms Seat mit knirschenden Reifen den Kiesweg herauf zum Steinbruch. Dort wendete er, um abfahrbereit zu sein.

Nur wenige Minuten später vernahmen sie das Sägen des luftgekühlten Carrera-Motors. Als dunkler Umriß sichtbar, schob sich der flache Wagenbug über den Buckel vor der Steinbrucheinfahrt und rollte wieder zurück. Die Scheinwerfer wurden abgeblendet. Kurz glühten noch die Bremslichter auf.

„Mann, sind die aber vorsichtig", flüsterte Erneste und gab die Beobachtung durch.

Klemm verließ mit dem Goldbarren in der Tüte den Seat und trug ihn zur Steinbrucheinfahrt.

Urban hatte das Richtmikrofon in der Hand und den Hörstöpsel im Ohr.

„Sie hat Musik an. Kein Wort zu verstehen."

„Auch Fotografieren ist unmöglich. Sie steht hinter dem Hügel."

Offenbar wurde das Geschäft rasch abgewickelt. Nach wenigen Minuten kam Klemm wieder.

Urban verließ mit dem Nachtsichtgerät und der Leica sein Versteck, schlich in Deckung der Kalksteinblöcke um den Seat herum. Er wollte unbedingt eine Aufnahme von der Frau machen, die Klemm Eva genannt hatte.

Nach etwa zwanzig Schritten hatte er eine günstige Position. Er stellte das Gerät auf Schärfe. Zum Knipsen mußte er sich aufrichten.

Im selben Moment startete Klemm den Seat und schaltete die Scheinwerfer ein. Da sah er Urban.

„Hau ab!" schrie er der Frau im Porsche zu.

Der Schlag knallte ins Schloß. Der Sechszylinder heulte auf. Die Reifen drehten durch, spritzten Kies und Dreck hoch. – Und weg war sie.

Urban bemerkte noch, daß sie nicht der tiefen LKW-Spur folgte, sondern einen Seitenweg nahm.

Schon pfiffen die Kugeln.

Klemm schoß auf ihn. Urban duckte sich weg. Aber nun griff Erneste ein. Er feuerte und schrie: „Halt! Polizei!"

Nun schoß Klemm in Segovias Richtung.

Der Spanier rief:

„Ergeben Sie sich! Sie sind festgenommen. Hände hoch! Waffe fallen lassen!"

Klemm dachte nicht daran, die Aufforderung zu befolgen. Er schoß das Magazin leer und traf den

Spanier. Dann sprang er wieder in seinen Seat und raste davon.

Urban wuchtete einen Stein hoch, schleuderte ihn gegen den Wagen, wurde aber vom Kotflügel zur Seite geschleudert.

In der Ferne verklang der Motorenlärm. Dann war Stille.

Urban humpelte zu Segovia. Der blutete stark. Schulterschuß. Urban half ihm zum Funkgerät.

Segovia erteilte seine Befehle.

„Alle Straßen sperren! Laßt sie nicht durch. Dunkelblauer Porsche, hellgelber Seat."

Als sie unten ankamen, machte der Polizist an der Straße Meldung.

„Merda!" kommentierte Segovia. „Sie kam gar nicht vorbei. Sie nahm einen anderen Weg über die Berge. Scheint die Gegend hier zu kennen. Comprende. Dann kriegen wir sie eben in Espolla."

Sie bekamen sie weder in Espolla noch in La Jungera, noch irgendwo sonst an der Costa Brava. Sie bekamen sie auch nicht drüben in Frankreich. Sie bekamen sie überhaupt nicht.

Die Frau, die Eva genannt wurde, und Klemm waren wie vom Erdboden geschluckt.

*

Ehe der BND-Agent Robert Urban endgültig in Resignation verfiel, dachte er über Klemms Notrufnummer nach. Mit dieser Nummer hatte er Eva erreicht. Demnach mußten auch alle anderen diese Notrufnummer haben. Die anderen aber waren nicht mehr greifbar. Man hatte den Kontakt verloren.

Noch etwas fiel Urban ein: Das erste Mal, als er zu den Heinkel-Leuten in den Bunker gekommen war und sie ihn für einen Spion gehalten, verprügelt und ausgezogen hatten, war eine bestimmte Bemerkung gefallen. Er erinnerte sich genau.

Sie hatten ihn untersucht und gesagt: Er hat es nicht. Nein, er hat es nicht.

Offenbar hatte ihnen genau das bewiesen, daß er nicht dazugehörte. Vermutlich handelte es sich dabei um eine Tätowierung oder um eine Kennzeichnung. Warum sollte es nicht die Notrufnummer sein?

Einer aus der fünfköpfigen Heinkel-Besatzung war noch greifbar. Der Navigator, Oberleutnant Seiler, lag verwundet im Lazarett der Luftbasis in Merville.

Urban rief sofort an.

„Sucht Seilers Körper unter irgendeinem Vorwand ab", forderte er. „Jeden Quadratzentimeter."

„Was versprechen Sie sich davon?" wollte der Sicherheitsoffizier in Merville wissen.

„Eine mehrstellige Zahl."

„Wieviel stellig?"

„Mindestens zehn."

„Und was ist mit dieser Zahl?"

Damit die CIA nicht mit einer vorschnellen Operation querschoß und alles kaputtmachte, log Urban.

„Möglicherweise eine Safenummer."

„Wo steht der Safe?"

„Vielleicht weiß ich das, wenn es die Nummer gibt."

„Sie wissen immer verdammt wenig, Dynamit", fluchte der Captain.

„Aber mit Sicherheit so viel, daß null Revolver null Kopfschüsse hervorrufen", spottete Urban. „Ich höre von euch. Hasta la vista!"

17.

Nicht nur bei der NATO, auch bei den westeuropäischen Regierungen waren längst Krisenstäbe gebildet worden.

In die großen militärischen Lagecomputer wurden die vorhandenen Fakten eingegeben. Die mageren Ergebnisse kombinierte man mit Vermutungen, phantasievollen Szenarien und jeder Art von Gerüchten. Man ließ die Elektronik daran arbeiten wie an einer unlösbaren Schachkonstellation, bis sie nahezu kollabierte.

Die Ergebnisse waren unterschiedlich, ließen sich aber wie folgt zusammenfassen:

1. Eine Untergrundbewegung, Altnazis oder Neofaschisten, hatte sich gebildet, um mit einer extrem ökologischen Philosophie die Welt zu retten.

2. Die Führung dieser Organisation bestand aus einer Reihe brillanter Köpfe für die technische Abwicklung, Ideologie und Organisation. Wie anders wäre es möglich, eine Truppe von so fanatischen Kämpfern aufzustellen.

3. Die Organisatoren verfügten über erhebliche Geldmittel. Vermutlich war ihren Gründern der Hitlerschatz oder Teile davon in die Hände gefallen.

4. Die Organisation breitete sich bereits weltweit aus. Das Torpedoschnellboot hatte aus einem Hafen der nördlichen Erdhalbkugel operiert. Der Jagdpanzer in Paris war in einem Großcontainer aus dem Nahen Osten herbeigeschafft worden.

5. Die Vorgänge in Belgien, Norwegen und Paris waren erst der Anfang. Dem Brief an den US-Präsidenten würden weitere folgen.

6. Vermutlich würden die nächsten Briefe ultimativen Charakter annehmen.

7. Aufgrund der Lage war in nächster Zeit mit einer Erpressung großen Stils zu rechnen.

Je länger die Geheimdienste analysierten, desto deutlicher erkannten sie, daß alles auch völlig anders sein konnte.

Die Amerikaner mißtrauten den Deutschen, die Russen den Arabern. Die Araber verdächtigten die Israelis, die Israelis wiederum irgendwelche palästinensischen Fanatikergruppen. So ging es reihum.

Immerhin kam es zu einer Zusammenarbeit zwischen der CIA und dem KGB. Eine Front der Problemknacker bildete sich von Washington bis Moskau. – Und dies keinen Tag zu spät.

Am Morgen des 14. Juli traf im Kreml ein Ultimatum ein, das Ähnlichkeit mit dem Brief an den US-Präsidenten hatte, nur war es schärfer und deutlicher abgefaßt.

Nachdem der deutsche Text übersetzt war, konnte der Präsident der UdSSR folgendes lesen:

Sicher ist Ihnen bekannt, Genosse Generalsekretär, welches Schreiben ich an den Präsidenten der USA sandte. Ich wiederhole dem Herren aller Russen gegenüber meine damals erhobenen Forderungen. Sie haben nur noch wenig Zeit. Wenn nichts geschieht, dann kommt meine weltvernichtende Endsiegwaffe zum Einsatz. Die fürchterlichste, die je ein Menschenhirn erdachte. gez. Adolf Hitler. Hauptquartier im Kyffhäuser.

Das riß auch die Sowjets aus ihrem Halbschlaf und ihrer bisherigen Beobachterrolle.

Der russische Geheimdienst begann ebenso zu rotieren wie die westlichen.

Man konnte sagen, alle fingen langsam an durchzudrehen.

18.

Der BND-Agent Robert Urban hatte vierzehn Ziffern aus Merville erhalten. Leider hatte man sie nur vereinzelt, also zusammenhanglos, am Körper des verwundeten Heinkel-Navigators entdeckt.

Sofort waren unzählige Zahlenkolonnen daraus gebildet worden, indem man die Ziffern von unten nach oben, im Hammelsprung oder umgekehrt einander zuordnete. Man kolonnisierte sie spiralenförmig, kreisförmig, in Zickzackmustern und erarbeitete mehrere Dutzend Möglichkeiten.

Die Wahl, welche er benutzen wollte, überließ man gern dem BND-Agenten. Insgeheim versprach man sich wenig von der Sache, zumal der Verwundete behauptete, davon nichts zu wissen. Es handle sich bestenfalls um Pigmentstörungen oder Unreinheiten seiner Haut, behauptete er.

Binnen kurzem hatte Urban die Telefonrechnung der BIS mit mehreren hunderttausend Peseten belastet. Immer wieder kam es zu falschen oder zu überhaupt keinen Verbindungen. Bis er einen Einfall hatte, der ihn in die Lage versetzte, einen Teil der Nummern wegzustreichen.

Urban war aufgefallen, daß die Dame Eva ziemlich schnell nach Spanien gekommen war. Also mußte sie in Frankreich oder in der Schweiz wohnhaft sein. Demnach konnte nur die Vorwahl für französische oder Schweizer Orte in Frage kommen.

Er nahm die Endsortierung vor und telefonierte, bis sein Wählfinger pelzig wurde. Stets meldete er sich mit den gleichen Worten:

„Hier Oberleutnant Seiler."

Hundertmal ohne Erfolg.

Müdigkeit, Nervenkrise und Zusammenbruch

begegnete er mit Kaffee, Cognac und Monte-Christo-Zigaretten.

Nahezu schon in Trance, fühlte er sich plötzlich wie vom Blitz getroffen. Der Blitz wurde von einem Nest in der Provence direkt in sein Ohr gefeuert.

„Hier Eva, was ist Ihr Problem, Seiler?“

Zum Glück hatte Urban alles, was er sagen wollte, auf einem Zettel notiert, sonst wäre er vor Verblüffung glatt ausgerastet.

„Ich kann den Barren nicht verkaufen“, krächzte er mit heiserer Stimme.

„Wieviel brauchen Sie?“

„Mindestens eine Million Francs für den Anfang.“

„Sind Sie mobil, Seiler?“

„Fahrtüchtig und beweglich.“

„Dann ...“ ein Zögern, „dann kommen Sie zu mir.“

„Wohin?“

Die Adresse befand sich in einer sehr einsamen Ecke der Provence.

Urban schlief drei Stunden und fuhr hin.

Pünktlich kam er vor dem Haus inmitten eines Landgutes an. Kein Zweifel, daß die Bude scharf bewacht wurde. Er ließ es darauf ankommen. – Klar, es würde hart auf hart gehen, aber er fühlte sich nicht allein.

*

Sie war Eva Brauneck. Von oben bis unten der Mutter wie aus der Physiognomie gerissen.

Das ist bei uns Tradition, hatte die Hamburger Werftlady gesagt, daß die Töchter aussehen wie die Mütter und die Mütter wie die Großmütter.

Es dämmerte schon. Urban stand im Schatten.

Nirgendwo ein Schäferhund, eine SS-Leibstandarte oder ein Body-guard. „Sind die Verletzungen ausgeheilt, Seiler?“ fragte sie mit heller Stimme, ehe er ins Licht trat und sie plötzlich alles zu ahnen schien.

Ihre Augen weiteten sich in mühsam beherrschtem Entsetzen. Sie rang nach Worten.

„Sie sind nicht Seiler.“

„Tschja, Gnädigste, Götterdämmerung ist angesagt.“

„Wer dann?“

„Die Putzkolonne Kyffhäuser.“

„Etwa dieser BND-Agent aus Hamburg, Mister Dynamit?“ fragte sie tonlos.

„Die Stunde der Wahrheit ist gekommen, Eva. – Soll ich Sie Eva Braun nennen, wie die Geliebte des Führers?“

Da holte sie tief Luft und schrie, wie Urban nie vorher eine Frau hatte kreischen gehört. Ihr Schrei gellte durch das Haus wie klirrendes Glas.

Sein Besuch schien ihr unvorstellbare körperliche Schmerzen zu bereiten. Und er wünschte sie ihr von Herzen.

Als sie vom Schreien erschöpft war, verfiel sie in einen Weinkrampf, der sie schüttelte, als würde sie von einem Exzenter bewegt, den ein Motor antrieb. Bewußtlos glitt sie auf das Sofa in der Halle.

Es gab wenig Mittel, so einen Schock zu beenden oder zu verkürzen. Von Ohrfeigen oder einem Kübel Wasser hielt Urban wenig. Das führte meist zu Verkrampfungen, die sich nur langsam lösten. Und für alles, was langsam ging, hatte er keine Zeit. – Also ließ er ihre Hysterie totlaufen. Sie war jung und würde es überwinden.

Er suchte etwas Trinkbares, setzte sich und steckte sich eine MC an. Es wurde dunkel. Die Sonne tauchte abendrot hinter den Horizont.

Mit der Nacht, die jetzt kam, begann Eva, sich zu beruhigen. Das Beben ihres Körpers hörte auf. Sie atmete ruhig, öffnete die Augen und blickte ihn an.

„Ihr habt mich“, flüsterte sie voller Angst.

Er nickte nur.

„Endzeit?“

Urban nickte abermals.

Sie gab sich einen Ruck, stand auf, richtete Kleid und Frisur – diesen wunderschönen glatten Bubikopfschnitt, hell wie Messinggold.

„Es mußte so kommen.“

„Es kommt immer, wie es muß, Madame.“

Sie bat um eine Zigarette. Sie bat auch darum, daß er ihr ein Glas mit Brandy füllte. Dann nahm sie sich Feuer und rauchte hastig.

„Ich wußte, daß ich es eines Tages nicht mehr würde ertragen können.“

„Ja, ja, die Nerven“, kommentierte Urban.

„Wenn man sich dagegen wehrt, wird es noch schlimmer.“

„Warum wehren Sie sich denn noch?“

„Ich wehre mich nicht mehr dagegen, denn es würde mich kaputtmachen. Ja, kaputtmachen. Ich wollte es endlich beenden.“

„Wer's glaubt“, zweifelte Urban.

„Es gibt sogar einen Beweis dafür“, erklärte sie. „Ich führte Sie, euch, wen auch immer, auf eine neue Spur.“

Urban kannte keine derartige Spur. Dann fiel ihm etwas ein.

„Das Foto auf dem Schnellboot etwa?“

„Ich hinterließ es absichtlich. Vielleicht als ein Spiel mit dem Zufall, mit dem Schicksal, va banque.“

„Offenbar kam die Zahl zwölf.“

Sie drückte die Zigarette aus. Das Goldmundstück war rot.

„Als Fotografin der Regenbogenpresse", begann Urban hinterhältig, „kommt man weit herum."

„Wo war ich nicht überall in diesen Jahren."

„Auch in Südamerika, in Argentinien?"

„Auch dort. Bei meinem Vater."

Erst begann es zu tropfen, dann zu rieseln, zu rinnen, zu laufen, zu strömen. Wie bei einem Hochwasserdamm, der von der Flutwelle zermürbt und unterspült wurde und dann brach.

„Wer ist dein Vater?" Urban verfiel in ein vertrauenbildendes Du.

Sie setzte sich auf die Stufe des Kamins, streckte die nackten braunen Beine von sich und strich den Rock glatt darüber. Ihre blauen Augen schimmerten wie Glitzer.

„Kennst du Hemmerle, Thomas Hemmerle?"

„Den SS-General?"

„Sie nennen ihn den Henker, den KZ-Hemmerle. Hemmerle ist mein Vater. Als einziger Überlebender wußte er vom Führergold. Von einem ganzen Güterzug voll. Fünfzig Waggons mit je zwanzig Tonnen. Er wußte, wohin es geleitet wurde. Aber er sagte es keinem. Nicht einmal seinen besten Freunden. Aber sie brachten ihn in ihre Gewalt. Mich haben sie dadurch auch in der Hand."

Das konnte ein Motiv sein. Aber es klang alles zu glatt.

„Wo ist dein Vater?"

Sie antwortete nicht. Die Frage war wohl zu früh gestellt worden. Er legte eine Pause ein, sagte lange nichts, und dann:

„Wer sind diese Leute?"

„Fanatische Weltverbesserer. Hast du noch nie gehört, daß die größten Sünder zu Propheten werden, die schlimmsten Verbrecher zu Moralisten? Das setzt jedoch eine so starke innere Veränderung voraus, daß diese Leute nicht mehr das sind, was man in unserer Gesellschaft als normal bezeichnet."

Er versuchte es wieder, weil er fürchtete, daß ihm keine Zeit blieb.

„Wo sind sie?"

„Du kannst ja doch nichts daran ändern."

„Man muß es versuchen. Sieg oder Untergang, das weiß man erst hinterher."

„Nazideutsch!" Sie lachte hell und klar, und das verriet ihm, daß sie auf dem schmalen Grat wanderte, von dem man nach beiden Seiten stürzen konnte, in Richtung aufgeben oder weitermachen. Offenbar fand sie die Balance.

„Du siehst eigentlich ganz normal aus. Und in gewisser Weise auch zurechnungsfähig", sagte sie.

„Ich fühle mich auch so."

„Und warum tust du das alles?"

Es war schwierig, ihr das zu erklären.

„Natürlich nicht für die anderen. Nur für mich."

„Du lügst."

„Ich bin nicht der Typ, der sich für andere opfert", sagte er, wußte aber, daß auch das nur die halbe Wahrheit war. Er mußte erreichen, daß sie ihn hinbrachte. Egal wie, denn die Freunde würden ihnen folgen. Egal wohin, sie erwarteten von ihm, daß er es tat.

„Los, gehen wir", schlug er vor.

„Wohin?"

„Laß uns die Götterdämmerung dort erleben, wo die Götter sitzen."

„Wie gefällt dir das Wort Teufelsdämmerung?" fragte Eva.

„Na schön, dann laß uns zur Hölle fahren, damit ein für allemal ein Ende ist."

„Aber du versprichst mir eines."

Er wollte sie in Sicherheit wiegen.

„Alles, Eva."

„Keinen Kontakt. Und mit verbundenen Augen."

„Wie lange?"

„Es ist ein weiter Weg", sagte sie.

*

Sie war wie ein Uhrwerk, das ablief. Durch nichts wollte er die letzte Kraft der Feder dieses Räderwerks unterbrechen.

Er erhob keinen Einwand und keinen Widerspruch.

Sie präparierte eine Sonnenbrille. Innen schwärzte sie die dunklen Gläser mit Nagellack nach. Die Bügel verband sie mit einer Gummischnur, damit die Brille sich nicht verschob. Die Seiten verklebte sie. Dann fesselte sie noch seine Hände.

So fuhren sie los, in einem Automobil, das Urban von der maßgeschneiderten Enge und vom Motorengeräusch her für den Porsche Carrera hielt.

Sie fuhren stundenlang über nächtlich leere Straßen. Einmal tankte sie und brachte ihm einen Becher mit Kaffee. Dann ging es weiter.

Er tastete nach seinen Zigaretten, nach Feuer, rauchte und stellte vorsichtig Fragen.

„Woher habt ihr die He-hundertelf, das Schnellboot und den Panther?"

„Wurde alles auf den Kriegsschauplätzen zurückgelassen. – Übrigens, man verfolgt uns."

„Wer?" fragte Urban.

„Ein Wagen mit unterschiedlich eingestellten Scheinwerfern."

„Gelben?"

„Ja, gelben."

Also waren sie auf jeden Fall noch in Frankreich.

Nach einer Weile fragte er:

„Folgt er uns noch immer?"

„Nein“, sagte Eva erleichtert.

Die Kollegen hatten also das Fahrzeug gewechselt.

„Um so besser.“

„Alles mögliche wurde beim Rückzug zurückgelassen“, fuhr sie fort, „Material, Uniformen, Formulare, Stempel, alles, was wir brauchten.“

„Und die Leute?“

„Die hab ich mir zusammengesucht, in Form gebracht, nach alten Fotos getrimmt, und sie ausbilden lassen. Zu Piloten, Seeleuten, Panzerfahrern.“

„Von wem und wo?“

„Hab Geduld.“

„Du hast sie mit Barrengold bezahlt.“

„Das war möglicherweise ein Fehler in der Logistik“, räumte sie ein. „Sie hatten Probleme beim Umtausch. Ich mußte es für sie tun. Aber die Regierung des Landes, in dem wir zu Gast sind, hilft mir dabei.“

„Was war dein Ressort?“

„Die Auslandsarbeit.“

„Bißchen viel für eine Frau.“

„Zuviel, als es anfing schiefzugehen. Anfangs ging ja alles Spitze. Wir brachten das Schnellboot ins Nordmeer und den Panther auf einem arabischen Frachter über Umwege nach Le Havre. Der Heinkel-Bomber mußte allerdings zwischentanken, um aus England Merville anzufliegen.“

„Warum dieses Weltkriegs-Spiel?“ erkundigte er sich und wartete, daß der Vorhang aufging.

„Es war nicht meine Idee.“

„Warum aber?“

„Nur große Irritationen bewirken Veränderungen. Vorgänge, die man sich nicht erklären kann, erzeugen Angst. Angst macht die Menschen aufgeschlossen für das Ungewöhnliche. Hitler taucht plötzlich auf und stellt ein Ultimatum. Ohne Erzeugung von Angst geht das nicht. Nicht ohne die große Illusion des bösen Zauberers. – Und ist es etwa nicht gelungen?"

„Ja, beinah."

Nun fragte er nach der alleszerstörenden sogenannten Endzeitwaffe.

„Du wirst sie sehen", versprach Eva Brauneck.

Die Luft schmeckte würzig und frisch. Sand mahlte unter den Rädern des Porsche. Sie näherten sich dem Meer.

Am Strand ließen sie den Wagen zurück. Eva ging voraus, und er folgte ihr, indem er sich an ihrem Arm festhielt.

Es wäre ihm ein leichtes gewesen, hier Schluß zu machen. Aber sicherlich hätte es so geendet wie die Heinkel-Geschichte. Eine Dummheit also, die Reise jetzt zu unterbrechen, wo es wahrscheinlich um Stunden ging, bis das Ultimatum aus dem Kyffhäuser ablief.

Eva zog an einer Leine ein Motorboot heran. Sie stiegen ein. Das Boot war stark motorisiert und schnell.

Erst fuhren sie durch glattes Wasser, dann durch bewegtes. Urban bekam Spritzer auf die Haut und auf die Zunge. Salzwasser.

Die Sonne stand schon hoch. Er fühlte es, als sie endlich das Ziel erreichten. Eva legte an.

Sie gingen durch einen Wald, in dem es nach Pinien roch und in dem Zikaden lärmten. Minuten später saß Urban in einem Flugzeug.

Eva ließ an. Sie starteten über eine Wiese und stiegen langsam. Dann flogen sie mit Ostkurs. Die Sonne fiel über Urbans rechte Schulter schräg von hinten ein.

„Warum benutzt er diesen Vergleich mit Rotbart im Kyffhäuser?" fragte er.

„Gibt es ein besseres Synonym, eine kürzere Metapher, einen passenderen Vergleich, als mit dem Alten im Berg, der dort mit seiner Auferstehung wartet bis zu dem Tag, an dem man ihn braucht?"

„Hitler war ein Teufel, der alte Kaiser Barbarossa eher eine Art Cherub."

Er spürte, wie Eva nickte.

„Ja, seine Mittel waren human, aber nicht weniger tödlich", antwortete sie zweideutig.

„Diese Endwaffe", fragte er, „ist sie ein Produkt der Rüstungsindustrie des Dritten Reiches? Die nie eingesetzte Wunderwaffe, mit der Hitler alle Feinde besiegen wollte?"

„Man kann es so sehen", deutete sie an.

„Wen soll sie heute noch beeindrucken?"

Sie trimmte nach, denn das kleine Fahrzeug schien ein wenig hecklastig zu sein. Dann reduzierte sie die Motorendrehzahl.

„Hast du jemals", fragte sie, „von der Ju-390 gehört?"

„Gehört schon. Sie war der größte deutsche sechsmotorige Bomber. Wurde aber nur zu sogenannter Fernsterkundung eingesetzt. Wenn Deutschland die Atombombe gehabt hätte, die Ju-390 hätte sie nach New York getragen und wäre dann in der Lage gewesen, wieder nach Hause zu fliegen. Es gab nur wenige Exemplare."

„Eines davon haben wir", sagte sie. „Und in ihm, in seinem riesigen Rumpf, liegt die Endzeitwaffe."

„Du machst mir angst", gestand Urban.

„Fliege ich so miserabel?"

„Nun, wenn du diesen müden Flugapparat weiter so verhungern läßt, dann schmieren wir noch ab."

„Ich muß Sprit sparen", erklärte sie, „sonst kommen wir nicht hin."

Die Geographie von Europa und Nahost projezierte sich in Urbans Vorstellung. Wohin, zum Teufel, flog sie?

Sie waren von einer Insel, mit aller Wahrscheinlichkeit vor Frankreichs Küste, gestartet. Wenn die Mühle ohne Zwischentanken weit kam, dann tausend Kilometer. – Was lag in diesem Radius?

„Gib es auf", sagte Eva, so als errate sie seine Gedanken. „Es ist ein kleines Land."

„Klein, aber fein", sagte er.

„Klein, arm, schön. Wild, aber alles andere als freundlich."

Ihm blieb nichts anderes übrig, als sich entspannt zurückzulehnen.

„Weck mich auf, wenn wir da sind", bat er, äußerlich gelassen.

„Schlaf, mein tapferer Siegfried", höhnte sie. „Deine Walküre wacht über dich. Die letzten Stunden vor dem Feuer sind meist die kältesten."

19.

Sie landeten gegen einen nachtdunklen Horizont. Es gab weder Zoll- noch Paßkontrolle.

Als Eva ihm die Brille und die Fesseln abnahm, sah er in der Ferne hohe Berge, den einen und anderen Gipfel mit Schnee bedeckt.

Die Weide, auf der sie standen, war hart, noch sehr warm, und das Gras dürr und scharf. Die Bäume bildeten eine Art Mischwald aus Korkeichen, Sykomorensträuchern, Pinien, hie und da einer Zypresse.

Eine Gegend wie die Schweiz, nur mit weniger Regen und mehr Sonne. Und das Ganze lag ein gutes Stück weiter südlich.

Urban nahm Witterung auf. Es stank nach Ziegendung und Holzfeuer.

Sie marschierten nach Norden an einem Bach entlang bis zu einer Hütte.

„Heiße, steinige Gegend“, sagte er.

„Es gibt hier Jahre fast ohne Regen.“

Die Hütte war nicht versperrt. Hinten unter dem Schuppendach stand etwas auf Rädern, aber es war mit einer alten Militärplane zugedeckt.

Das Blockhaus hatte auf gestampftem Lehmboden grobes Mobiliar. Einen Tisch, zwei Hocker, einen Kamin aus Feldsteinen. Eva machte Feuer.

„Brotfladen und Tee oder Tee mit Brotfladen?“

„Bitte letzteres.“

Der Tee war heiß und orientalisch.

Eva schien am Tisch einzunicken.

„Ich bin hundemüde“, gestand sie. „Muß schlafen. Bleib hier. Du kämst nicht weit. Nicht ohne mich.“

„Allah wird es wissen“, sagte Urban.

„Wieso Allah?“

„Sind wir nicht in einem Allah-Land?“

„Du findest hier alles. Kirchen und Moscheen, Glockentürme und Minarette.“ Sie legte sich hin, murmelte noch: „Allah wird es lenken“, und war eingeschlafen.

Urban trat vor die Hütte.

Es mußte ein heißer Tag gewesen sein. Man roch die warmen Steine. Das Licht wurde fahl. Er ging ein Stück hügelwärts. Dahinter dehnte sich das Land, unregelmäßig gefaltet und durchzogen von einem Flußbett voller Kies.

Er ging weiter, um auf irgend etwas, auf Spuren von Zivilisation zu stoßen, die Rückschlüsse auf das Land zuließen. Er kreuzte nur einen Trampelpfad mit kugeligem Mist, wie Mulis und Esel ihn hinterließen.

Mit einemmal begann es stark zu wehen. Kalter Wind fegte von den karstigen Höhen herunter. Er machte kehrt.

In der Hütte erwartete Eva ihn. Nach kaum zwei Stunden Schlaf wirkte sie frisch. Jetzt trug sie hellbeiges Khaki. Bluse, Rock und Stiefel.

„Wie die Uniformen von Rommels Afrikakorps."

„Daher stammt es. Wir müssen weiter, Mister Dynamit."

„Woher weißt du eigentlich meinen Kampfnamen?"

„Eva wußte immer mehr als Adam", entgegnete sie.

Inzwischen hatte sie die Plane von dem Fahrzeug abgenommen. Ein nicht gerade neuer, aber gut gewarteter Mercedes-Geländewagen war zum Vorschein gekommen.

Sie ließ den Diesel an und rollte heraus. Er stieg zu. Sie fuhr los.

„Intelligenzfrage", sagte sie. „Welches Land ist das?"

Urban antwortete nicht, sondern beobachtete sie beim Fahren durch den nächtlichen Wald und später auf unausgebauten Wegen und Straßen.

Sie fuhr wie eine Göttin, eine Hand am Radio, die andere an der Heizungsregulierung. Dann wikkelte sie einen Kaugummi aus und stellte den Rückspiegel ein, so als würden sie verfolgt werden. Zum Glück herrschte hier keine Anschnallpflicht. Aber auch das hätte sie noch irgendwie bewerkstelligt.

Vom Diesellärm aufgeschreckt, flatterten Vögel aus den Bäumen.

„Geier", stellte Urban fest. „Unter Geiern. Karl May?"

„Du bist nahe dran."

„Land der Skipetaren?"

„Noch näher."

„Schluchten des Balkan."

„Schon mal von Albanien gehört?" fragte sie.

Er hatte nicht nur davon gehört, er war schon einmal dagewesen, vor Jahren. Er dachte ungern daran.

Sie kamen durch ein schlafendes Dorf. Bald nahm die Dunkelheit sie wieder auf. Der Mond kam heraus.

Mit einem Schlenker bog sie auf einen schmalen Weg, fuhr etwa einen Kilometer im Geländegang und hielt an. Dann kramte sie aus der Tasche eine winzige Flasche. Die öffnete sie. Es war Parfum. Damit betupfte sie die Ohrläppchen, die Kniekehlen und die Stelle unter der Bluse, wo sich ihre Brüste treffen mußten.

„Fast wie eine Lady", staunte er.

„Du könntest dich irren."

„Wohl kaum."

„Welcher Mann weiß schon was über Frauen", sagte sie mit merkwürdig fremder Stimme, als läge Rauch und Schwermut darüber.

„Das ist mein Job."

„Mag ja sein, aber . . ." Sie schwieg verschämt, sprach es dann aber doch aus: „Ich, zum Beispiel, bin noch Jungfrau. Und will, zum Teufel, nicht als alte Jungfer sterben. – Warum nimmst du mich nicht in die Arme?"

Er überwand die Schrecksekunde.

„Das muß einem ja gesagt werden."

„Ich dachte, Männer fühlen so was."

Sie stieg aus und warf sich rücklings ins Gras des Bachufers. Langsam entkleidete sie sich, so als würde sie der Kunstfertigkeit seiner Hände nicht trauen.

Der weiße BH hatte wenig zu halten. Alles hielt von selbst. Das Höschen war dünn und schmal und hätte gewiß auch als Abschleppseil seine Dienste getan. Mit Sicherheit aber hätte ihre Leidenschaft jedes Bett zum Einsturz gebracht.

Sie gab sich ihm nicht erwartungsvoll, sondern fordernd, schreiend und hemmungslos hin.

„Worauf wartest du?“ drängte sie.

„Ein Stachel ist ein Stachel.“

„Ich halte es aus. Stich zu!“

„Genieße es beim ersten Mal.“

Sie klammerte sich an ihn und umschlang ihn mit ihren Schenkeln.

„Unsinn! Tu's so, wie es sich gehört. Gleich, jetzt und sofort.“

Sie schmeckte nach Parfum und Schweiß.

In Allahs Namen setzte er den Stachel an.

*

Der Rausch verflog, wie er gekommen war.

Sie fuhren weiter.

Weiter oben führte der Fluß Wasser. Sie kamen durch eine kleine Stadt. Elbasan, entzifferte Urban.

„Dann heißt der Fluß Skumba“, sagte er.

„Alt-Siegfried war schon einmal da“, bemerkte Eva höhnisch. „Wir fahren nahe an der mazedonischen Grenze entlang.“

Wenn sie Lastwagen begegneten, dann waren es hochachsige chinesische. Urban hielt sie für Dodge-Nachbauten. Alle waren überladen. Meist mit Säcken, lebenden Hammeln, Gemüse oder mit Kerosinfässern.

„Wie kommt es“, fragte Urban, „daß man euch hier duldet?“

„Man gewährte uns Asyl, und wir zahlen dafür. Die höchste Miete, die je für ein paar Hektar Land entrichtet wurden.“

Mit flammendem Orange kam die Sonne über die Berge. In den Dörfern huschten schwarzgekleidete, verschleierte Frauen durch die Gassen. Nur die Hunde kläfften hinter ihnen her. Heftiger Wind wehte Dreck, Müll und Abfall auf sie zu.

Eva fuhr weiter in Richtung auf einen Höhenzug, als könnten sie dahinter in Deckung gehen.

„Dort!"

Er fragte nicht, was dort sei. Er sah es.

Beim Näherkommen entpuppte es sich als ein Berg, der schroff aus der Ebene ragte. Ein abstoßendes graues Ungetüm von Berg. Oben darauf eine alte Burg. Mauern, Zinnen, Turm – ein Anblick, düster und schwer.

„Die hat er einem Partisanenführer für fünfzig Dollar abgepokert", erzählte Eva.

„Wer?"

„Er."

„Muß eine schlechte Zeit für Partisanen gewesen sein. Und lange her."

„Fast ein halbes Jahrhundert."

„Und der Partisanenführer hat die Festung nicht zurückgefordert?"

„Er wurde Präsident dieses Landes, und sie waren Freunde."

Lange bevor sie den Berg erreichten, ging es an felsigen Steilhängen vorbei durch enge Schluchten. Hie und da schien es Urban, als sehe er oben Gewehre. Wo Gewehre waren, da waren auch Männer.

Er sagte nichts. Eva würde nur darüber lachen und eine Erklärung zur Hand haben.

Die Schlucht öffnete sich zu einem weiten Talgrund, kahl und einsam wie alles hier, nach oben hin von Macchie überwuchert. Und im Schlagschatten des Berges dieses ungeheure Ding von Flugzeug, die sagenhafte Ju-390. Sechsmotorig,

Spannweite mindestens fünfzig Meter, Ladefähigkeit, grob geschäftzt, dreißig Tonnen. Das Cockpit lag mindestens sechs Meter hoch über dem Boden.

„Sie ist startklar“, erklärte Eva. „Zumindest wird sie startklar gehalten.“

„Und was ist drin?“

Sie blickte ihn an. Zwei feine Linien spielten um ihren Mund, wenn sie sich wunderte.

„Das, was du vermutest.“

Sie bog vorher ab. Es ging durch den Wald steil hinauf. Sie brauchte Allradantrieb und den ersten Gang.

„Eure Superwaffe“, nahm Urban den Faden wieder auf. „Was darf ich dahinter vermuten?“

„Nichts, was du vermutest“, deutete sie an. „Etwas ganz anderes.“

*

Der Mercedes G quälte sich die Steigung hinauf und um die Kehren, die meist naß und lehmig waren.

Sechshundert Meter weiter oben brachen sie aus dem Wald wie ein Tier durch das Gebüsch.

Jetzt, aus der Nähe, sah die Festung verfallen aus. Vor dem Tor stand ein Posten mit einem Gewehr. Er trug Skipetarentracht: Fellkäppi, Türkenhosen, Patronengürtel.

Sie stiegen aus und gingen auf ihn zu wie auf einen drohenden Grislybären. Der Posten versperrte ihnen den Weg.

Eva sprach mit ihm in einem unverständlichen Dialekt.

Der Mann zögerte. Dann ließ er sie durch.

Im Festungshof war ein mächtiges Gebäude an den Turm angebaut. Früher mochte es als Unterkunft für die Besatzung gedient haben, vielleicht war es auch das Pulvermagazin, oder die Kommandantur. Auch davor stand ein Posten. Er bewachte die Flügeltür. Ein Ding, vier Meter hoch, aus eisenbeschlagener Eiche.

Eva verschaffte sich Einlaß.

Der Übergang war selbst für den schockgeprüften Urban überraschend.

Ein weiter Saal mit Marmorboden und Marmorwänden tat sich auf. Das Ganze wurde gestützt von eleganten Säulen. Oben liefen Simse mit Nazisymbolen um die Decke. Hinten hing ein riesiger Hoheitsadler. In der Fensterecke, gut vierzig Meter entfernt, auf einem roten Teppich, flankiert von zwei mächtigen gußeisernen Leuchtern, ruhte auf Löwenfüßen ein Ungetüm von Schreibtisch.

Urban fiel als Vergleich nur die Reichskanzlei Berlin, das Arbeitszimmer des Führers ein.

In einem hohen Stuhl, gekrönt von einem Hakenkreuz, saß ein alter Mann mit weißem Haar, das streng gescheitelt war. Links fiel es in die Stirn. Dazu trug er ein weißes Bärtchen. So und nicht anders mußte man sich Hitler mit hundert vorstellen.

Der Mann saß aufrecht da und starrte sie aus faszinierenden Augen an.

Urban glaubte sich am Ziel.

Er hatte ihn sehen wollen, von Angesicht zu Angesicht.

Und doch war er nicht am Ziel.

„Das ist er", sagte Eva tonlos. „Darf ich vorstellen. – Mein Vater."

Der Mann am Schreibtisch sagte nichts. Er bewegte sich nicht, tat nicht einen Lidschlag und atmete auch nicht. – Er war tot.

Urban trat nahe an ihn heran.

„Sie haben ihn mumifiziert", bemerkte er.

„Aber vorher haben sie ihn umgebracht."

„Und das läßt dich kalt?"

„Eiskalt."

„Du wußtest es."

„Deshalb", gestand sie, „läßt es mich kalt. Ich brachte dich hierher, weil ich einen Zeugen haben muß, damit ich es fassen kann, daß es mir ein Mensch bestätigt, falls ich daran zweifle und wieder in diese Wahnsinnshypnose verfalle. Du glaubst nicht, was es mich gekostet hat, all die Jahre."

„Und damit ich das Flugzeug wegbringe", ergänzte Urban, „bin ich hier."

„Auch das."

„Wer hat ihn umgebracht?"

„Sie sind doch alle längst tot."

„Seit wann?"

„Er war der letzte."

Ohne den Kyffhäuserrätseln auf den letzten Grund zu gehen – es gab wohl zu viele –, fragte Urban jetzt hart:

„Und die Endzeitwaffe?"

„Komm!" sagte Eva.

Als sie sich umwandten, standen die Skipetaren mit Maschinenpistolen im Anschlag da.

„Man erwartet Sie in Tirana, Eva", rief einer von ihnen.

Ob sie ihre Waffen benutzen würden, das war die Frage. Aber daß Eva den 45er, den sie ständig trug, einsetzte, war Urban klar.

„Deckung!" schrie er, um die Skipetaren abzulenken.

Er packte einen der mächtigen Germanenleuchter und schwang ihn, während er auf die Wächter eindrang.

Einer der Skipetaren feuerte gegen die Decke in

der Hoffnung, es sei abschreckend. Der zweite zögerte noch. Es war sein Ende.

Eva riß die Automatic aus dem Rockbund und schoß in einer einzigen runden Bewegung.

Der Wächter riß die Arme hoch und fiel rücklings zu Boden. Wo sein Herz saß, entstand ein sich ausbreitender, roter Fleck.

Urban schwang den Leuchter wie eine Lanze. Er hämmerte dem Skipetaren die Waffe aus der Hand und traf ihn seitlich am Schädel.

„Gibt es davon noch viele?"

„Nicht hier, aber sie werden kommen", fürchtete Eva.

Sie stürzten hinaus und liefen durch den Vorhof. Das Tor war mit Ketten verrammelt. Sie kletterten über die Mauer und erreichten den Geländewagen.

Es ging auf Mittag. Gleißendes Licht ohne Schatten stand auf dem Kegel des Berges.

Urban ließ den Merecedes an. Mit dem Mut der Verzweiflung gab er Vollgas.

„Wir kommen hier nie mehr heraus", sagte Eva beängstigend ruhig.

„Egal. Vorher endet dieses Flugzeug mit eurer Satanswaffe in einem Feuerball."

„Dann sind wir so gut wie tot."

„Vielleicht", sagte Urban. „Aber es gibt ja noch Freunde."

*

In halsbrecherischer Fahrt, schlitternd und driftend, raste er die Serpentinen hinab. Weiter unten sah er einen vollbemannten Jeep heraufkommen. Er rammte den Geländewagen quer durch den Wald, senkrecht hinab durch ein Bachbett.

Eine Wahnsinnsfahrt.

Sie kamen heraus, wo die Sechsmotorige stand.

Wenn sie vollgetankt war, gab es eine Chance. Es sollte nicht schwer sein, sie zu zerstören. Tankverschlüsse auf, in die Benzinlache einen Schuß aus der Signalpistole. Gewiß hatten sie Signalpistolen an Bord. Aber was war das für eine geheimnisvolle Waffe in ihrem Rumpf? – Das versetzte Urban in schwere Sorge. – Was war das für ein Ding aus der Waffenküche der Nazis? Was wartete hier auf seinen einzigen und letzten Einsatz?

Sie rasten über das Rollfeld. Urban brachte den Mercedes brutal zum Stehen.

Die Ju war verriegelt und verrammelt. Durch die Bordschützenwanne an der Unterseite kam man vielleicht hinein. Er nahm den Wagenheber mit und schleuderte das massive Ding gegen die Wannenverglasung. Sie war aus Plexi und hielt etwas aus.

Endlich splitterte eine Scheibe. Er brach die Zacken heraus und wand sich nach oben. Es stank wie in allen Bombern nach Sprit, Nitrolack und Gummi.

Eva folgte ihm.

„Was hast du vor?"

„Kartoffel schälen", knurrte er.

Sie nahmen die Aluleiter hinauf in den Rumpf. Dort gab es nur einen schulterschmalen Mittelgang. Links und rechts stapelten sich bis zu den Deckenspanten kubische Pakete, Kantenlänge etwa hundertfünfzig Zentimeter, in Folien versiegelt und mit Stahlbändern gesichert. Wie zu Ballen gepreßtes Altpapier. Sie fühlten sich weich an.

„Ist es das?"

Urban stach hinein und bohrte mit dem Messer. Papier, Papier.

„Das ist es."

„Und was, bitte, ist es?"

Er wartete keine Erklärung ab, sondern tastete

sich nach vorn zum Cockpit. Dort betätigte er einige Hauptschalter. Kein Zeiger rührte sich. An einen Blitzstart war nicht zu denken. Was fehlte, war Energie. Mit leeren Batterien keine Chance.

Er suchte auf der Navigatorseite, oben in der Instrumentenkonsole und hinten auf dem Platz des Bordmechanikers nach der Schalttafel für die Tanks. – Fehlanzeige. Er entdeckte nur Hähne, beschriftet mit NA-I, NA-II, NA-III. Treibstoffnotablaß.

Eine Drehung, und der Sprit sprudelte ins Freie.

Er stand da und versuchte den Aufruhr in seinem Inneren zu beherrschen.

Cool bleiben, Mann! Ganz cool! befahl er sich.

„Was", fragte er, „ist in diesen Ballen?"

Eva lächelte und sagte es.

„Keine Atombombe und auch kein Giftgas oder Nervengas wie Sarin und ähnliche Sauereien."

„Sondern?"

„Hitlers Gold."

Er wischte sich den Schweiß vom Gesicht.

„Unmöglich. Es sind Tausend Tonnen."

„Richtig. Aber wir haben es im Lauf vieler Jahre in harte Währung umgetauscht. In Dollar, Franken, Sterling und D-Mark. Hinter uns, im Rumpf, sind Banknoten im Wert von siebzig Milliarden Dollar gestapelt."

Urban zweifelte daran und lachte beinahe irre.

„Das Gold ist bestenfalls dreißig Milliarden wert."

Sie erklärte es ihm.

„Der Rest stammt aus dem Umtausch der in den KZ-Werkstätten gefälschten Dollar- und Pfundnoten. Man hatte schon bei Kriegsende dafür gesorgt, indem man in England und den USA Firmen gründete."

Er war fassungslos.

„Das also sollte eure verheerende Waffe sein", begriff er. »Weltinflation, Bankenzusammenbrüche, Wirtschaftspleiten."

„Das Geld ist für notleidende Völker bestimmt, für die Armen in Afrika und Asien. Nach Berechnung unserer Experten werden wir damit die Währungen dieser Welt, die Finanzen der Großbanken ganz schön durcheinanderbringen. Wenn irgend etwas die reichen Nationen aufrüttelt, dann sind es nicht Kriege, Hunger und Not in anderen Ländern, sondern Inflation, Wirtschaftskrisen, Abstriche am Wohlstand im eigenen Haus. Wenn sie jemals auf etwas reagieren, dann auf das."

Das mußte nicht unbedingt eintreffen, aber die Gefahr, die davon ausging, war zu groß. Und am Ende waren meist doch die armen Beschenkten die Leidtragenden.

Dies erkennend, faßte Urban einen radikalen Entschluß. Er öffnete Tankablaß NA-I und NA-II.

Benzingestank breitete sich aus. Man hörte es rauschen und plätschern. Eva fiel ihm in den Arm. Sie wollte es verhindern.

Urban bändigte sie, trug und schleifte sie durch den Mittelgang zwischen den Geldstapeln, warf sie einfach durch den Einstiegschacht nach unten und sprang hinterher.

Draußen machte er die Signalpistole scharf. Er zielte auf die sich ausbreitende Benzinlache unter der Ju-390 und schoß.

Die Leuchtkugel wirkte wie Brandmunition und setzte das Benzin in Flammen. Mit einem Knall schossen sie hoch. Sie hüllten die Maschine sekundenschnell in einen knatternden Feuerball.

Urban packte Eva und zerrte sie weiter. Eine Explosion holte sie ein und schleuderte sie zu Boden. Sie sprangen auf. Hinter ihnen die entfesselte Energie von 20.000 Liter Flugbenzin, und von Norden her kamen die Albaner.

Sie warfen sich in den Geländewagen. In weitem Fluchtbogen rasten sie davon. Quer durch das Tal. Im Rücken das Flammenmeer und die Jäger.

Die Albaner schossen aus allen Rohren, aber die Distanz war zu groß.

Am Ende des Tales entdeckte Urban den Zugang zu einer Schlucht.

„Wie weit ist es bis zur Grenze?“ fragte er.

„Zu weit. Die machen zu. Alles dicht.“

Er fuhr so weit, wie es ging, bis es in der Enge der Schlucht kein Weiterkommen mehr gab. Dann schaltete Urban den Motor ab, saß da und dachte lange nach. – Er gab sich einen Ruck.

„Wir sind nicht allein.“

„Ich sehe keinen.“

„Wir wurden verfolgt und beschattet, von der Provence ab. Meine Kollegen sind in der Nähe. Und wenn dieser brennende Bomber kein Signal für sie ist, dann weiß ich es auch nicht.“

*

Von fern hörten sie die Jeepmotoren durch die Schlucht dröhnen. Die Verfolger rückten näher. Also begannen sie zu klettern. Nur mühsam kamen sie in den glatten, senkrechten, teils überhängenden Granitfelsen hoch. Und je höher sie kamen, desto dunstiger war der Horizont.

Am Rand ihrer Kräfte verlor Eva den Halt und stürzte vier Meter tief ab. Sie blutete und konnte kaum noch gehen. Urban stützte sie.

„Weiter! Reiß dich zusammen! Ein deutsches Mädel ist hart wie Kruppstahl.“

Immer wieder blickte er nach unten in die Tiefe. Er sah die Jeeps in der Schlucht und die Soldaten, wie sie ihnen folgten. Sie hatten auch Hunde dabei. Aber auch im Gebirge war ein Hund ein Hund und keine Ziege.

Die Sonne sank. In der Dunkelheit waren sie einigermaßen sicher. Aber spätestens morgen früh . . .

Sie rasteten auf gut dreihundert Meter Höhe. Urban saß da, rauchte die letzte MC an und ließ für Eva ein paar Züge übrig. Immer wieder schaute er nach Süden, wo Mazedonien lag, Griechenland, NATO-Territorium. Leider unerreichbar. – Und die Freunde, wo blieben sie? – Sie kamen nicht.

Urban und Eva zwängten sich in eine Felsspalte. Wie in einer Muschel sitzend, hörten sie die Verfolger fluchen, schnaufen und näher kommen. Weiterklettern half nicht mehr. Zum Himmel gab es keine Leiter.

Eva schlief vor Erschöpfung ein. Urban versuchte, wach zu bleiben und sich notfalls mit den paar Schuß aus seiner Mauser zu wehren, obwohl es sinnlos war. – Aber auch er schlief ein.

Plötzlich weckte ihn gleißende Helligkeit. – Waren die Albaner schon da? – Von oben Helligkeit und ein singendes Pfeifen. Ein Scheinwerfer hatte sie voll erfaßt und hielt sie fest.

Das Singen war eine Turbine, das flatterige Hämmern kam von einem Hubschraubermotor. Eine Lautsprecherstimme plärrte: „Wir holen euch raus!“

Von unten schossen die Albaner. Von oben kam eine rollbare Aluleiter herunter, dann ein Stahlseil mit Haken, daran hing festgegurtet ein Mann. Er schwang hin und her und griff nach Eva. Er verfehlte sie, erwischte sie endlich und zog sie mit sich hoch. Urban fing die letzte Leitersprosse. Sofort zog der Helikopter ab.

Von unten her wurde wild aus allen Rohren geschossen.

Sie hockten angeschnallt in dem griechischen Armee-Helikopter. Durch die Schlucht tänzelnd, versuchte der Pilot, dem MG-Feuer zu entkommen. Es klatschte im Blech. Wing-plopp-plopp! Aber die Kugeln trafen keine lebenswichtigen Teile des Fluggerätes, und bis zur Grenze war es nicht weit. Nur zehn Flugminuten.

„Diese Explosion war ein wirklich brauchbares Signal", erklärte ein Kollege vom Athener Geheimdienst. „Wir wußten ja genau, was läuft, mußten aber die Dunkelheit abwarten. Wegen Grenzverletzung und so weiter. Ihr versteht."

Eva klammerte sich an Urban. Er aber machte sich von ihr los und bot ihr jetzt keinen Schutz mehr. Die Gefahr war ausgestanden.

„Warum", fragte sie enttäuscht, „sind Männer so?"

„Weil sie so sind", sagte er kurz.

„Undankbar."

„Dankbar, wofür?" wollte er wissen.

Sie dachte nicht lange nach.

„Ich führte dich zur Lösung des Barbarossa-Rätsels. Wer außer mir hätte das gekonnt?"

„Du hast eine Menge auf dem Gewissen", erwiderte Urban. „Aber du hast ja kein Gewissen."

„Gewissen, was ist das?" Sie lachte bitter. „Heutzutage."

„Mag sein", bemerkte er sehr viel später, „daß das, was man früher Gewissen nannte, bei der Menschheit allmählich verkümmert und demnächst völlig abhanden kommen wird."

„Dann möchtest du nicht mehr leben, he?"

„Wie leben, bitte? Als Fossil, als aussterbende Art?"

„Dann laß uns zusammenbleiben", schlug sie

vor. „Wir ergänzen uns wundervoll. Ein Mann mit und eine Frau ohne Gewissen.“

Bis zur Landung auf einem Stützpunkt in Epirus schwieg Urban. Dann gab er ihr die Antwort:

„Wenn wir uns in tausend Jahren wiedersehen“, sagte er, „dann ist das immer noch früh genug.“

ENDE

MISTER DYNAMIT
Band 646

Männer wie Stahl

C. H. Guenter

Alarm in Nahost.
Ein Kontingent von tausend Mann UNO-Truppen ist spurlos verschwunden. Verzweifelt suchen London, Washington und Sydney nach ihren Soldaten.
Der Einsatz von US-Kampfflugzeugen, von britischen Kommandos, ja selbst ein Bombenultimatum führen zu keinem Ergebnis, sondern zu einem Desaster.
Am Ende ist MISTER DYNAMIT gefordert.
Doch den letzten beißen immer die Hunde.

Männer wie Stahl

Ein Drei-Mann-Team versucht das Unmögliche. Mit Hirn, List und Tücke hoffen sie zu erreichen, woran brutale Gewalt scheiterte.

DYNAMIT-Leser
blicken hinter die Kulissen des Weltgeschehens

MOEWIG-Thriller

Julian Jay Savarin

Unternehmen Gunship

David Pross findet keine Ruhe. Nachdem er schon einmal für das Department einen Agenten aus feindlicher Gefangenschaft befreit hat, will Fowler ihn erneut einsetzen. Doch Pross weigert sich – bis die charmante Logan auf ihn angesetzt wird. In den Tälern des Himalaja-Gebirges sieht er dem Tod ins Auge ... Ein neuer Thriller des Autors von „Unternehmen Wolfsjagd", „Unternehmen Wasserloch" und „Unternehmen Windrad".

2504-6

Deutsche Erstausgabe